多元宇宙的青春の破れ、無二の君が待つ未来

眞田天佑　イラスト：東西

おおだいら・くにか
大平邦華
【おおだいら・くにか】
秀渡のクラスメイト。
秀渡のことを「先輩くん」と
独特な呼び方をする。
「これは私なりに敬意と親しみを込めた
呼び方なんだけどな」

多元宇宙的青春の破れ、無二の君が待つ未来

眞田天佑

MF文庫J

口絵・本文イラスト：東西

第一章　エディプスの幼なじみ

1－A

時間とは相対的なものだとアインシュタインは言った。

小難しい理屈はよく分からないが、時間とは絶対的なものではなく、速度や重力の影響によってころころと変わる、ということらしい。物体が速く移動すればするほど流れる時間が遅くなるし、強い重力の傍(そば)でも流れる時間は遅くなるようだ。

つまり、電車に乗っている人と立ち止まっている人を比較すると、後者の方が時間が速く流れる。そして、高層ビルの屋上にいる人と地表にいる人では、重力の影響が強い後者の方がゆっくりと時間が流れる。

なかなか信じがたいが、実際に特別な時計を使って東京スカイツリーの展望台と地上を流れる時間を調べたところ、確かにスカイツリーよりも地上の方が時間がゆっくり流れたとか。まあ人間の体内時計では測ることができないくらいすごく小さな差らしいが、時間は相対的であるというアインシュタインの言葉は正しかったわけだ。

しかし、そんなアインシュタイン大先生ですら気づかなかった、時間の流れに関する新たな法則に、今、俺は辿(たど)り着いてしまった。

時間の動きを左右するのは、物体の速度や重力だけではないのである。

そう言いながらスマホで時間を確認すると、待ち合わせの時間から五分しか経ってなかった。

「遅いな。あいつ」

もう二時間は待っている感覚だったのに、まだ五分である。

いやいや、これはどう考えても、時間の流れがおかしくなってる。どういうことですか、アインシュタイン先生。やっぱり待ち人の存在も、時間の流れを歪める原因なんですよね？

べーっと舌を出す白髪のおじいちゃんを脳内で問い詰めている間にも、俺の視界を人波が流れていく。

今日は土曜日。朝十時の映画館ではカップルやファミリーが仲睦まじげに歩いていた。

そんな中、一人で突っ立っているとちょっと気まずい。例えるなら、ドラッグストアで目当ての商品が見つからず歩き回っていたら、うっかり女性用メイクのコーナーに迷い込んでしまった時の気まずさだ。

二人で遊びに行こうと誘われたのが数日前の教室。とりあえず映画館に決めたが、流石にベタ過ぎたか？　でも、あいつも喜んでたし。もしかして俺に気を使ってた？　あの笑顔の裏で、「うわ、こいつセンスなさすぎ」と思ってたとしたら、女性不信になってしまう。

しかし、あいつとデートとは未(いま)だに実感が湧かないな。

なんとなく気が合う奴(やつ)だとは思っていたが、こうして二人っきりで遊びに出かけるなんて想像もしていなかった。

さて、一体、何を話せばいいんだ？

最近見たドラマとかマンガの感想とか？　あとは勉強について？

これじゃいつも教室でしている話題と変わらん。

しばらく考え込んでみたが、全く思いつかなかった。

もういつも通りに他愛(たあい)もない話をするしかない。だが一言目に何を言うのかだけは決まっている。遅いぞ！　これで決まりだ。

そしてようやく、俺は視界に彼女を捉えた。パタパタとこちらへ駆け寄ってくる。

「あ。先輩くん。早いね」

濃紺色のショートカットを軽く揺らしながら走ってきた大平邦華(おおだいらくにか)は、遅れたことを悪びれるようにちらりと舌を出す。見慣れた制服姿とは違う私服。アイスグリーン色のノースリーブのトップスに、黒いキュロットパンツを合わせている。大人っぽい雰囲気のコーデなので一瞬驚いた。

「お、遅い！」

一瞬見惚れたせいで、先ほど考えたばかりの最初の一言を言いそびれるところだった。

「そこは『いや、俺も今来たところだよ』キリッ、って気を使う場面じゃない？　遅れたっていっても五分くらいだし……」

「遅れてきた側が言うセリフじゃないだろ」

「あ、その発言は減点だね、先輩くんは年上なんだから、年下の女の子にはもっと器が大きいところを見せないと」

「お前が俺を年上扱いしたことなんてあったか？　あと、いい加減その呼び方辞めろ」

デート中でも学校と変わらず『先輩くん』呼びとは。間抜けな呼称に恥ずかしくなる。

しかし邦華は不満げに口先を尖らせる。

「これは私なりに敬意と親しみを込めた呼び方なんだけどな。年上を敬う『先輩』に、クラスメイトとしての親近感を出すための『くん付け』を組み合わせた、ぴったりな呼び方じゃない？　結構気に入ってるんだけど」

どうやら止める気はなさそうだ。

「お前、もうちょっと年長者に対して気遣いができないのか？　そりゃたかが一歳差だし、同級生ではあるが、それでも親しき中にも礼儀ありという言葉が」

「もー。その年でもう老害化？　ほら、せっかくのお出かけなんだから、そんな額に皺寄

せないでよ、老けちゃうよ？　行こ。もう始まっちゃうよ」

邦華(くにか)が俺の腕を取って、映画館の奥の暗がりへと連れ込む。

互いの腕が絡む。のだが、不思議とドキドキしない。俺だって年頃の男なんだから、可愛(かわい)い女の子と密着して緊張とか興奮とかを覚えてもいいはずだが、あまりそういう気持ちにはならない。強がりとか紳士ぶっているわけじゃなく、本当に何も感じないのだ。まるで幼い頃から知り合いで、恋愛対象にならない相手のような……。

こういう関係性をなんて言うんだっけ？　確かぴったりな言葉があったはずだが、思い出せない。喉元まで出かかってるんだが……。

「……あ」

何かを思い出しそうになったその時、映画館の壁に貼られていたポスターを見て、全てが吹っ飛んでしまった。

封切られたばかりの、『半世紀後ダイアリー』という新作映画のポスターだ。病室のベッドに座る主演の少女の姿が儚(はかな)げに写っている。

最近話題になっている作品だった。内容としては、余命一年を宣告された主人公の女の子のもとに、五十年後の自分を名乗る人物からメッセージが届き、そんな不思議な交流を通じて前向きに生きていくようになる、という感動系ストーリーらしい。

脚本も演出も平凡のようで、監督をはじめとするスタッフの実績も大したことないようだ。というか、そもそもこの映画の出資の大部分は、とある大手芸能事務所で、演者もそこ所属のアイドルである。要は、芸能事務所が売り出したいアイドルのプロモーションビデオのようなものだ。だから前評判も微妙で、実際に映画の出来も凡庸の域を出なかった。

そんな映画だが公開後の評価で、アイドルオタクでない観客や映画評論家までもが惜しみない賞賛を送った点がある。

主演の演技力だ。

国民的アイドルグループのセンターを務める主演の女の子は、不治の病に侵された主人公を完璧に演じきった。病床に伏した時の儚げな雰囲気、少しずつ元気を取り戻していく演技のグラデーション、そして映画のキモでもある泣きの表情。その全てが女優顔負けの鬼気迫る演技だったと、辛口で有名な評論家でさえ太鼓判を押したのだ。

「あ、友永朝美(ともながあさみ)だね」

邦華が映画ポスターの主演女優を指差す。

「知ってるのか？」

「そりゃそうでしょ。『スーパーストリングス』のセンターだよ？　友永朝美を知らない女子なんていないよ」

呆(あき)れられてしまった。だがこいつも友永朝美を知っているなら丁度いい。

「この映画。友永朝美の演技がすごいって意外と評判いいらしいぞ」

「えー、これ見るの？」

「なんで嫌そうなんだよ」

「だってあたし、もう何度も見たし」

「へえ、意外だな。お前って、こういう流行りには興味ない感じかと思っていた」

「普段はあんま気にしないいんだけどね」

なるほど、友永朝美は特別ということか。これだけ国民的なアイドル様だもんな。年頃の女の子にとっては誰もが憧れる存在なんだろう。

「友永朝美、好きなの？」と横にいる邦華に尋ねられる。

「そりゃ、好きか嫌いかって言われたら好きだな。見た目は文句なしに可愛いし、バラエティー番組とか見てても受け答えがしっかりしてるし、嫌う理由がないだろ？　それに彼女を見ていると、自分とは住む世界が違う人のはずなのに、昔からの友達みたいな親近感を覚えるんだよな」

「周囲にそう思わせるのが、彼女のアイドルとしての魅力なんじゃない？　すごいオーラがあるにも拘わらずどこか親しみやすい、みたいなさ」

俺たちはしばらくポスターを眺めていたが、やがて邦華が俺の腕を取った。

「さ、もういいでしょ。ほら、さっさと行こうよ。今日見るのは絶対にホラーだからね」

俺がアイドルのポスターをいつまでも眺めているのが気に食わないのか、その場から離れようと腕を引っ張る邦華。

「お、まさか嫉妬か？」とからかってやると、ぷいっとそっぽを向く。

「そんなわけないでしょ？」

「はいはい、わかったわかった。安心しろ、俺のアイドルはお前だけだよ」

「え、キモい」

普通に引かれてしまった。理不尽な。

しかし邦華との気の置けない関係は、やっぱり一緒にいて心地よい。気楽というか、気疲れしない。教室にいるときと何も変わらないけど、でも、この変わらなさがいい。

そう、『幼なじみ』みたいな関係性だ。俺と邦華を言い表すのに、丁度いい言葉かもしれない。幼い頃から相手を知り尽くしているような感じなんだ。

「ちなみに、さっきの映画。五十年後の主人公を名乗ってメッセージを送った人、実は主人公のお母さんなの。余命一年の主人公を元気づけるためにウソをついてたってオチなんだよねー」

ネタバレしやがった！

いくらなんでも言い合える関係だからって限度ってもんがある！

こうして、俺たちの時間はいそいそと動き出す。平穏に、なだらかに。

（この少女は、何者だ？）

1－B

今日は土曜日。世間的には休日で、当然ながら高校の校舎に人の気配はほとんどない。校庭からたまに運動部の掛け声が聞こえてくるくらいだ。

一般的な高校生ならば、今日は友人や恋人と映画館なり水族館なり遊びに出かけるのが普通のはず。

「それなのに、どうして俺たちはこんな仕事をしてるんですか？　先輩」

不満が口をついて出た。

貴重な土曜日を生徒会の仕事で消費させられているんだから、苦情の一つくらい許してもらいたい。

すると、俺の正面に座っていた生徒会長、南陽菜乃（みなみひなの）が顔をあげる。開けた窓から吹き込んだ初夏特有の湿り気（しめりけ）のある風が、先輩の艶（つや）やかな黒髪を弄（もてあそ）んでいた。

「やれやれ。手前味噌（てまえみそ）だが、『スパスト』の友永朝美（ともながあさみ）にも負けないくらいのこの美少女と一緒に仕事ができるのだから、なんの不満があるというんだね？」

国民的アイドルと同列の容姿であると言い切るあたり、この先輩は大物だ。まあ否定できないのも事実だけど。

「今日の俺はその美少女のご尊顔よりも、こんな頭が痛くなる文字列ばかり眺めているんですけど？」

目の前に積まれた書類の山のてっぺんから一枚を取り出し、先輩に突き出す。

先輩は、俺が手にした『部活動設立届』の書類を一瞥した。

「ほほう。『御城研究部』とは渋い趣味を持つ生徒がいるようだね。どれどれ、活動目的は『各地の城を訪れてその歴史と文化を学ぶ』か。申請に必要な人数も揃っているようだし、なんの問題もないのでは？」

「部員が問題です。この中に俺のクラスメイトが何人か交ざっているんですが、こいつらが教室で城の話をしているところを聞いたことがないです。城に一ミリも興味なんてなくて、ただ旅行したいだけのパリピ女です。そのために部費をせしめるつもりなんですよ」

「それは邪推だよ。たまたま君の近くで城の話題が出なかっただけかもしれない」

「じゃあ、見てくださいよ。書類に活動計画が書いてありますけど、最初に訪れる予定の城がノイシュバンシュタイン城ですよ？　ドイツですよ？　舐めてません？　大学の研究ならともかく、高校の部活動なら電車で行ける範囲で十分でしょ？　過程を十段階くらいすっ飛ばしてますよ。こんな舐め腐った部活動の申請書を何枚も見せられて、心穏やかになれるわけがないですよ！」

「はいはーい。先輩くーん。ストップ。紅茶でも飲んで気を落ち着けてー」

俺の苛立ちが頂点に達したところで、制止とともにティーカップが置かれる。

「あー、ありがとな。邦華」

俺のクラスメイトであり、同じ生徒会の一員でもある大平邦華に礼を言う。

「その紅茶を飲みながら、この美少女の顔を拝んで元気を出せ。ほらほら」

邦華は満面の笑みを浮かべた自分の顔をツンツンと指差す。

自画自賛はどうかと思うが、美少女であることは疑いようもないのでツッコめない。

「邦華君の言う通りだな。さあ、私の顔も見て元気を出すんだ秀渡君。ほらほら」

「先輩も乗っかんないでください」

美少女二人が俺に微笑みを向けてくれる。それを見ていると、こんな土曜日も悪くないと思ってしまう自分の素直さが憎い。

「でも実際問題、生徒会の仕事って多過ぎません？　こんな部活申請のチェックなんて学校の仕事ですよね？　あたしたちがやる意味ってあります？」

邦華が俺の手から申請用紙をひったくって呟く。

「そうだな。それに生徒会で認可したとしても、最終的には職員会議で議決されなければ部活は発足されない」

「じゃあ、最初から生徒会を通さずに職員会議で決めればいいんじゃないですか？　わざわざあたしたちが間に入る必要ないんじゃ……」

邦華め、俺が言いたくても言えなかったことをあっさりと口にして。

「けれどそうなったら、新しい部活なんて一個も認めてもらえない。部活には最低一人は顧問が付くことになっているから、忙しい教師陣としてはこれ以上増やしたくないというのが本音だ。だが私たち生徒会がこうして事前チェックしお墨付きを与えれば、生徒の自主性の尊重という建前が生まれて職員会議とて無下にできない。だから我々の仕事には十分意義があるのだよ」

そう言って笑った先輩は、邦華から申請用紙を受け取って眺める。

「ふふ。ただ、この申請は秀渡君の言う通り、ちょっと我欲が出過ぎているね」

申請用紙に不許可の判を押してから、赤ペンで『お城めぐりは現実的な予算内に限定しましょう』と書き加えた。

「さて、これを申請した生徒に返却しよう。彼女たちが本気で城が好きなら、現実的な計画案に修正して再提出してくるはずだ」

「先輩。甘いんだから」

「よーし。三人で手分けしてこの書類を片付けちゃいましょう！　頑張ろうね、先輩くん」

先輩の言葉を受けて邦華のやる気に灯(ひ)がついたようだ。俺の隣に腰かけると書類の山頂に手を伸ばす。

「お前も単純だな」

こうして俺の貴重な土曜日は、まるで平日のように休みなく流れていく。

(なぜ、彼女はこの世界にもいる?)

1－C

土曜日。週末の始まりをゆっくりと堪能したかったのだが。

「秀にぃ、この人と付き合ってんの?」

「げほっげほっ」

隣に立つ義妹(いもうと)の樹里(じゅり)がなんの前置きもなく直球を投げてきたので、思わずむせてしまった。

「あはは、先輩くん、面白ーい」

一方、邦華(くにか)は全く気にした様子はなく、うちの玄関先でけらけらと笑っている。

失敗した。

早朝に週末だから二人でどこか遊びに行くかと邦華に聞いたら、俺の家に来たいとか言い出したのだ。流石(さすが)に驚いたが、両親は買い物に出ているし、樹里も友達と遊びに出かけると聞いていたから、二人きりでゆっくり過ごせるし、まあいいかとあっさり了承したのが運の尽き。

樹里はいつまで経ってても家を出ず、さりげなく本日の予定を聞いたところ、あろうことか友達が風邪になったのでお出かけは中止になったと返答があったのが五分前。

慌てて邦華に自宅への来訪を止めるようメッセージを送った時には、すでに彼女の人差し指は俺んちのインターホンを押していた。

そして俺が止めるよりも先に樹里が玄関の扉を開いてしまい、邦華と初めて顔を合わせることになり、今に至る。

「えっと、立ち話もなんだし、中に入ってもいいかな？　あとこれお土産ね」

邦華が百貨店のロゴが入った紙袋を持ち上げる。

「あ、ああ。悪い。ほら、入れよ」

「あっそう。私のことは無視？　お邪魔虫だけに？　もう二人だけの世界に入ってるわけ？　あー、そうですか、気が利かない小姑ですみません。私なんかが二人の愛の巣にお邪魔しちゃダメですよね？　じゃあ、私はちょっくら二時間ほどマラソンしてきますんで、どうぞごゆっくり」

そそくさとスニーカーにつま先を通す樹里を、邦華が笑顔で制止する。

「樹里さん、だよね？　全然お邪魔なんてことないし、むしろ私は樹里さんとお話がしたくて来たんだよ。ほら、これカステラ。甘い物好きだよね？」

邦華に紙袋を押し付けられた樹里は、しぶしぶ受け取る。

「私のこともご存じなんですか？」

「もちろん！　先輩くんの義理の妹さんだよね？　先輩くんからよくお話は聞いてますよ。素直じゃないけど可愛い妹だって」

「……『先輩くん』？」

樹里は聞きなれない呼称に首を傾げ、訝しげに俺を見る。

「あー、気にすんな。こいつが勝手に俺をそう呼んでるだけだ」

「変なの」

それは俺もそう思うんだが、止めろと言っても止めないのだから仕方ない。というか邦華が俺の名前を呼んだことってあったか？　うーん、考えてみればこれまでに一度も無かった気がする。まさか俺の名前を知らないなんてことはないと思うが。

「そんで二人は恋人なの？」

「いや、そういうわけじゃ……」とあいまいに否定する俺に、邦華も頷いて同意する。

「そだね。ただの友達ではないけど恋人でもないかな」

「あ。そ、そう、だったんですか」

心なしか、ちょっとほっとした様子の樹里。

「うん。恋人じゃなくて、家族みたいものだから」

間髪入れずに放たれた邦華の言葉に、樹里の態度がまたもやバグった。

「か、かぞ、く？　も、もも、もしや、ご、ごご、ごけ、ご結婚を前提に⁉」

めちゃくちゃ動揺しているなこいつ。そんなわけないだろ。

「おい、邦華。あんまりうちの妹をからかわないでくれ」

「あはは。やっぱりきょうだいだね、二人ともからかうと反応が面白い」

邦華は口元に手を当ててクスクス笑っている。

それから俺たちは、邦華が持ってきたカステラをお茶請けにティータイムに入った。

最初、樹里はなかなか邦華に心を開かなかったが、邦華の方は樹里を気に入ったようで、あれこれとガールズトークの話題を提供し続けた。

そして、好きな芸能人はいるのかという話になり、『スパスト』の友永朝美（ともながあさみ）の名前が出た途端、二人の空気が一変する。

「ええ！　邦華さん。朝美ちゃんのファーストライブ会場限定のクリアポスターを持ってるんですか！」

「うん。うちに何枚もあるよ。知り合いから貰（もら）ったの」

「しゅ、しゅごい。今となってはネットオークションでとんでもない値段になってる超お宝グッズなのに……。く、邦華さんも朝美ちゃんのファンなんですか？」

「まあ、そんな感じかな。ただグッズは持っていても、一度も生のライブに行ったことのないニワカなんだけどね、恥ずかしいことに」

「そ、そうだったんですね。それは勿体ない。じゃあ、今度一緒に行きましょうよ！」

同じ友永朝美推しと分かったことで樹里の態度が一気に氷解し、いつの間にか両手をがっちりと握り合っていた。

雨降って地固まる、とはちょっと違うか？　まあ仲良くなったのは良いことだ。

しかし邦華が友永朝美の大ファンだとは知らなかったな。今までそんな素振りは一度も見たことがなかった。邦華には世間ずれしている印象があったから、そういうミーハーな部分もあるとはちょっと意外だ。

仲睦まじく会話する二人から蚊帳の外に置かれた俺は、孤独に紅茶をすすった。

（やはりこの世界にもいるのか。彼女は、一体……）

1―D

せっかくの土曜日だというのに、何もすることがなかった。部活や生徒会に所属しているわけでもなく、友人との遊びの約束もないのだから、予定が存在しないのも当然だが。

一応、朝方にクラスメイトの邦華からどこかへ行かないかとメッセージが来ていたのだが、俺が昼近くまで寝ていたせいで気づいたのは今さっき。このメッセージが届いてから二時間以上も経過しており、今更遊びに出かけるには遅すぎる。

なので申し訳なく感じながら、「悪い寝てた。また今度な」とだけ返した。

しかし、このまま家でダラダラしているのも、休みを無駄にしているようで勿体ない。少しでも有意義な何かを探すために家を出て、街をぶらぶらと散策することにした。

そうは言いながらも向かう先は、学校帰りにもよく立ち寄っているコンビニや本屋、スーパーなどだった。

これじゃあ普段と何も変わらないなと苦笑していると、ふと、スーパーの入り口付近でたむろしていた女子高生らしき二人組の会話が耳に入った。

「ねえ、知ってる？　最近、この近くがドラマのロケ地になってて、今日も撮影してるっぽいよ。ほら、今もSNSに写真が上がってる」

「うわ、マジだ！　しかもこれ、『スパスト』の朝美ちゃんじゃん！　ここって、丘の上の公園だよね？」

「どうする？　今から行ってみない？」

特筆すべきところなど何もないこの街で、国民的アイドルの『スパスト』の友永朝美がドラマの撮影をやっている。その話題に、俺も興味が引かれた。

丘の上の公園なら、散歩コースにも丁度いい。行ってみようか。

そこは地元の人間であれば知っているスポットだ。小高い場所にある小さな公園で、眺めは悪くない。とは言え、遊具が充実しているわけでもなく、唯一の長所と言える眺望も全国どこにでもあるごく普通の街並みが見下ろせる程度のこと。観光客を呼べるような名物スポットではなく、地元住民のための憩いの地だ。しかし、近年の少子高齢化により親子連れからの需要は低下していて寂れ果てている。

だが今日に限っては、この公園に活気が戻っていた。

ドラマの撮影が行われているという噂を聞きつけ、野次馬がそれなりに集まっていた。

俺の前には人だかりができていて、公園の中を覆い隠している。

「いたいた、朝美ちゃんだ！」「初めて生で見たけど顔ちっさーい！」

ガヤガヤと喧騒を立てている野次馬たちに、「どうかお静かにお願いしまーす」と撮影スタッフからの注意が飛んでいる。

うーん、せっかく来たんだから、友永朝美の顔をチラっとでも見てみたいんだが。

そんなミーハー的考えから、つま先立ちをしてなんとか集団から頭を突き出そうとした時、「先輩くん、こんなところにいたんだ」という聞きなれた声がして驚き振り返った。

私服姿の邦華が立っていた。

「邦華か？　お前、なんでこんなところに」

「誰かさんを遊びに誘ったのに、なかなか返事が来なくて、やっと来たと思ったら断りの連絡だったたから暇になって、偶然ここで友永朝美のドラマ撮影やってるって知ったから、時間潰しのために来ただけだけど？」

「う、悪かったよ。マジで寝てて、お前の連絡に気づかなかったんだよ」

殊勝に頭を下げると、邦華が苦笑する。

「もういいよ。別に怒ってないから。それよりも運よくこうして会えたんだから、今からどっか行こうよ」

そう言いながら俺の手を引く。

「それはもちろんいいけど、もうちょっとだけ待ってくれ、俺、まだ友永朝美を見てないんだよ」

「えー、見たいの？　先輩くんって友永朝美のファンだっけ？」

「別にファンってわけじゃないけど、ここまで来たんだから、顔くらい拝みたいだろ」

しかし、邦華の手は俺の腕を掴んだまま離れない。それどころか、俺を引く力が少しだけ強くなった。

「別に見なくてもいいでしょ。半年後くらいにはドラマとして放送されるんだから」

「生で見ることに価値があるんだろ。ほら、今丁度、そこが空いたし。ちょっとだけ待ってててくれよ」

「あ、ちょっと待」

俺は邦華の手を振り払うと、少しだけ空いた野次馬の亀裂に身体を入れる。これまで群衆の壁に隠されていた、撮影の風景をようやく目にできた。

いつもは寂れている公園が一変していた。撮影機材を抱えるスタッフ、少し離れた場所に座る監督らしきオッサン。そして、彼らの中心にいる演者たち。

すぐに友永朝美の姿を見つけた。主演らしきベテラン女優と向かい合うように立ちながら、負けじと迫真の演技を見せている。友永朝美が最近封切られた映画で抜群の演技力を見せたという噂をネットで見たことがあったが、どうやらウソではなかったらしい。

その時、高台によく起こる強風が公園を撫でて、友永朝美の帽子をふわりと空に巻き上げる。風に運ばれた帽子は掴もうとした友永朝美の手をするりと逃げ出し、なんと俺の元まで飛んでくる。

俺は咄嗟に、その帽子を掴んでいた。

「ごめんなさーい」

帽子の回収なんてスタッフに任せればいいのに、友永朝美はわざわざ俺の方までやってくる。これもファンサービスの一環なのだろうか。近づいてくる国民的アイドルに群衆が沸き立ち、また俺への嫉妬の視線が向けられるのを感じる。

「帽子、ありがとうございます！」

俺のような人間にも、友永朝美は飛び切りの笑顔を向けてくれた。

うわ、やっぱり生で見るとネットやテレビよりも断然可愛いな。握手会に並ぶファンの気持ちが理解できた。

「あ、あ、いえ、こちらこそ」

ガチガチに緊張しながら帽子を差し出すと、受け取った友永朝美の指と触れ合ってしまった。

「――ッ！」

その瞬間、知らない記憶がフラッシュバックした。見覚えない複数の映像が、俺の視界の中で次々と展開し、埋めつくしていく。記憶を保持する大脳新皮質ががん細胞のように増殖を繰り返して、頭蓋骨を内側から破裂させようとしているかのよう。

これは、なんだ。俺は、こんな経験をしたはずがない。


俺と友永朝美が幼なじみだったなんて、そんなことがあったはずがない。


それなのに、くだらない妄想と笑い飛ばせないだけの質量があった。

「あ、朝美ちゃん？　どうしたの？」

異変は俺だけじゃなかった。

友永朝美（ともながあさみ）もまた、俺と同じように頭を抱えて地面に蹲（うずくま）り、心配した野次馬（やじうま）やスタッフに取り囲まれている。

「………何、この、記憶……。ゆ、湯上（ゆがみ）？」

友永朝美が俺の名前を呟（つぶや）いたのが聞こえた瞬間、俺は野次馬の群れから弾（はじ）き出される。

そのまま倒れそうになったところを、邦華（くにか）に支えられた。

「先輩くん！　大丈夫？　ほら、もう行こうよ」

俺を撮影現場から遠ざけようと引っ張る邦華に抵抗し、俺は立ち上がった。

「待ってくれ。何か、何か思い出しそうなんだ」

国民的アイドルと自分が幼なじみだった。そんなヤバイ妄想が、なぜか俺の頭から離れない。

……これは、本当の世界、……基元（きげん）世界の記憶？

「先輩くん、ダメだよ。思い出しちゃ」

目の前に立ちふさがった邦華が、俺を見上げる。その瞳は悲しげに揺れていた。

その時、俺には邦華の姿が、全く知らない人間のように思えた。頭に蘇（よみがえ）り始めた記憶の中に、彼女は存在していない。

俺の人生というストーリーに、突然書き加えられた謎の登場人物だった。

「お、お前は、誰だ？」

邦華が寂しそうに、視線を俺から外した。

「残念だね。この世界ともお別れだよ」

そうして、邦華が何かを呟いた時、その胸元が七色に輝き始める。その光が俺の視覚を全て焼き払った。いや、それだけじゃない。聴覚も、嗅覚も、触覚も、五感が、意識が光の中に溶けて消えた。

（……まさか、なんてことだ。並行世界が消されるとは……）

2

そうして、僕は『扉』を出た。正確には、『扉』から吐き出されたという方が正しい。僕を吐き捨てた『扉』は尻もちをつく僕の目の前で、まるでろうそくの火が吹き消されるようにあっけなく消滅した。

消えた『扉』の左右には、同じ形状だが色違いの『扉』が延々と続いている。この『扉』を潜（くぐ）ることで、僕のような跳躍者（ジョウンター）は並行世界の自分の意識にアクセスできる。これは僕が住む世界——便宜的に『先進世界』と呼ぶこともある——で開発された最先端の脳開発テクノロジーによって可能にしていた。

僕は瞳を閉ざし、『扉の世界』から本来の自分の世界へと戻る。再び目を開くと『扉』の景色は消えて、見慣れた自室が広がっていた。

簡素なデスクとベッドだけが置かれた、まるで箱のような狭い部屋。

ここが僕の生まれ故郷である、先進世界だ。

並行世界の『僕』たちの暮らしぶりを見た後だと、殺風景に思えなくもない。が、ここが僕にとって一番落ち着ける場所だ。帰ってきたという気分になれる。

僕をはじめとする跳躍者(ジョウンター)たちは、様々な並行世界を渡り歩いて、情報を集めている。先進世界が並行世界にどのように干渉していくべきか、あるいは不干渉を貫くべきか、その判断の材料を探すためだ。

やろうと思えば、並行世界の『僕』の肉体を完全に乗っ取ることもできる。だが今回はあくまで調査だったので、彼らの意識の片隅にアクセスし、彼らの日常をのぞき見させてもらっただけだ。きっと『僕』らは、自分の頭に並行世界の自分の意識が宿っていたことなど知る由もないだろう。

こうして並行世界への跳躍を終えたならば、本来ならば速やかに報告書をまとめる必要がある。だが今の僕にはそれよりも先に考えたいことがあった。

「あれは、間違いなく並行世界の消去だった」

今、自分が見てきた光景が信じられなかった。

だが、事実だ。自分の目の前で、並行世界の一つが消され、可能性として収縮された。

そしてそれを行ったのは、大平邦華という少女。

実のところ、以前から大平邦華には注意を払っていた。これまで行っていた並行世界への調査の過程で、ある違和感に気づいたからだ。

それは、彼女があらゆる並行世界に存在している、ということ。

並行世界には必ず差異がある。とある世界では生きていた人物が、別の世界では死んでいるということも珍しくない。登場人物は世界ごとに異なっているのが当たり前だ。

それなのに大平邦華だけは、僕が訪れた全ての世界で、その世界の『僕』に近しい人物として遍在していた。調査中の僕の目の前にいつも登場するわけではなかったが、並行世界の『僕』のコミュニケーション用アプリには彼女の名前が必ず登録されていたから、その世界に存在していることは間違いない。

この違和感を最初に覚えた際は、単なる偶然に過ぎないと考えた。これから跳躍を続けていくうちに、いずれ異なるパターンの世界が見つかるはずだと思っていた。だがその後どれだけ跳躍を重ねても、「大平邦華が存在しない世界」には出合えなかった。

この奇妙な事態に疑念を抱きながら調査を続けていたところ、大平邦華が世界を消失させる現場を目撃してしまった。

どうやら大平邦華には特別な力があるようだ。だが彼女の正体はまるで宇宙の深淵のように底が見えない。

そして、もう一人。

並行世界を調査している中で見つけた、大平邦華とは別の、もう一つの違和感。

そのことについて考えようとした時、来訪者を告げるピピという電子音が鳴った。扉に設置されたカメラからの映像が室内のモニターに表示され、来訪者の姿を明らかにする。

一瞬だけ逡巡するが、覚悟を決めて扉を開いた。

スライドした扉の向こう側で、彼女は僕が出迎えるのを待っていた。即座に陽気な声が聴覚神経を叩く。あちこちの世界で聞いたその声。


「やあ、先輩くん」


大平邦華だった。消失した世界で見かけた時と同じ服装の上に、白衣を羽織っている。

この先進世界においても、彼女は僕のすぐ近くに存在している。

彼女が僕の目の前に現れたのは、二か月ほど前。僕と同じように並行世界の調査を担当する跳躍者の一人だと名乗った。それ以降、まるで僕の動向を嗅ぎまわるかのように、友達面をして定期的に無駄話をしにやってくる。

「今日も任務お疲れ様。報告書はもうクラウドに上げた？」

「僕は今しがたこちらに戻ってきたばかりだ。終わっているわけないだろう」

目の前の大平邦華は、並行世界で出会った彼女と全く同じ声の調子、喋り方、性格だ。

それが不気味だった。

辿ってきた人生が異なれば人格形成にも多かれ少なかれ差異が生まれる。特に、僕のいる先進世界は他の世界との技術的社会的文化的な隔たりが大きいため、性格や信条にも大きな違いが発生する。

だがこの大平邦華は、並行世界の彼女との差異が全く見受けられない。あらゆる並行世界の彼女が統一性を保っている。僕に対する呼称まで同じだ。

「じゃあ、先輩くんのレポート作りを手伝ってあげるよ。面白い並行世界は見つかった？」

部屋に入ろうとした邦華の前に立ち、侵入を防ぐ。

「面白さは僕たちの調査対象じゃない。君は跳躍者としての自覚が足りない」

「こっちの先輩くんは相変わらず堅物だね。あたしは色々な世界を巡っていると、面白さを感じるけどね。似ている部分もあれば違う部分もあって、世界や人間の持っている可能性の多様さに驚かされちゃう。まあそのなかでも一番びっくりしたのが、この先進世界だけどね。この時代で、もうこんなに科学が進んでいるなんて思わなかったよ。人類にはこういう可能性もあったんだね」

「まるで君が先進世界ではない、別の並行世界から来たような口振りだな」

「うん。正解」

大平邦華が後ろ手に回していた腕を露わにし、その手に握っていた何かを僕に向けた。

プスリと首筋に小さな針が刺さる感覚を覚えてから、ようやく大平邦華の手に握られていたものが、暴徒鎮圧等に用いられるピストル型の麻酔銃と気づく。

「君は、何を！」

慌てて距離を取り、首筋に刺さったダーツ型の注射器を引き抜いたがもう遅い。僕の身体に何かが注入された。これはなんだ、麻酔薬か？　まさか毒物？

微かに視界が揺らぎ、全身の重みが増して、床に膝をついた。だが、麻酔薬を注入されたにしては、未だに意識はしっかりしている。

「大丈夫。先輩くんに投与したのは、一種の治療用ナノマシンだから。少しの間ふらふらするかもしれないけど、たぶん、しばらくしたら元に戻るはずだよ」

「治療用ナノマシン、だって？」

「うん、跳躍者の脳の機能を元に戻すナノマシンだよ。先進世界には人間を跳躍者にする技術があるんだから、その逆で元に戻す技術もあるはずだと思って、この二か月間くらいこの世界を探し回って、ようやく手に入れたの」

跳躍者として不適格と見なされた人物や反抗的な跳躍者から跳躍能力を強制的に剥奪するためのナノマシン。その存在自体は僕も知っている。

跳躍者は皆、脳の量子的効果を拡張することで、並行世界の『自分』の意識にアクセスしている。逆に言えば、脳をもう一度弄れば跳躍能力がない状態にすること、つまり能力を封じることが可能だ。そのためのナノマシンが今、僕に注入された。

慌ててまぶたを閉じる。だが何も見えない。『扉の世界』はどこにもない。

僕の首筋から注入された医療用ナノマシンが、跳躍者となるために改造されていた脳を治療し、一般人となんら変わらない状態に戻してしまった。

僕から、跳躍能力が奪われた。

「僕をこの世界に閉じ込めて、何をするつもりだ？」

「先進世界は元の世界からあまりにもかけ離れている。だからこの世界はすぐにでも消すつもりだったんだけど、事前に跳躍者としての能力を封じておかないと、この世界の先輩くんに他の世界に逃げられるかもしれないからね。だからこれは逃亡を確実に防ぐための対策」

大平邦華は右手に持った麻酔銃に、弾丸であるダーツ型の注射器を再装填した。

「じゃあ、この世界も消すつもりか？　先程の並行世界みたいに？」

僕を見下ろす大平邦華の顔が、バツの悪そうな表情になった。

「さっきのこと、先進世界の先輩くんに見られてたんだね。その通りだよ。この世界も単なる可能性として収縮させるの。この世界はやっぱり、間違ってると思うから」

「君の、目的は？」

大平邦華(おおだいらくにか)は僕の質問には答えず、踵(きびす)を返して背を向ける。

「さようなら、先進世界の先輩くん」

その言葉と同情の視線を残し去っていく。

僕は追いかけようとしたが、ナノマシンの治療の影響か身体(からだ)が上手(うま)く動かせず、彼女の足音は遠のくばかりだった。

焦るな、僕。身体に力が戻るまで時間がかかるなら、その時間を使って考えよう。

大平邦華はこの先進世界も収縮させると言った。だけど、今すぐにやらないのはなぜだ。先程目撃した並行世界の消去の際に、何かを準備する様子はなかったはず。それなのにこの場を立ち去って、どこかへ向かった。

そう言えば、彼女がまた麻酔銃に注射器を装填(そうてん)していた。ということは、僕以外にも、跳躍能力を封じたい人物がまだいるわけだ。それを探しているのだろう。

大平邦華が狙う人物とは。

察しがついた、先進世界の友永朝美(ともながあさみ)だ。

僕が並行世界を調査していく中で抱いた、大平邦華とは別のもう一つの違和感。それが、友永朝美だった。

僕がこれまでに訪れた全ての世界で、友永朝美も大平邦華と同様に存在しているだけではなく、必ず国民的アイドルとして活躍していた。

また、大平邦華はあらゆる世界で『僕』と近しい関係だったが、友永朝美はその逆だった。どの世界でも友永朝美は『僕』と知り合いですらない。国民的アイドルと一般人、身分に隔たりがあるのは当然とはいえ、これも並行世界の特徴を考えると起こりえないことだ。この先進世界においても、僕は友永朝美と顔を合わせたことすらない。

そういえば、消された並行世界の『僕』は、友永朝美と幼なじみだった過去の記憶を思い出していた。あの世界の『僕』にはそんな過去はなかったし、僕の知る限りどの並行世界にも存在しない過去のはずなのに、なぜあそこまで明瞭な記憶を持っていたんだ？

いや、これ以上考えても仕方ない。まずは先進世界にいる友永朝美に警告を。彼女まで能力を奪われたら、先進世界が消されてしまう。

さて、身体は少しだが動くようになった。

僕は室内にある端末から跳躍者(ジョウンター)専用のネットワークにアクセスし、友永朝美のアカウントを検索する。彼女も跳躍者として活動していることは、すでに調べてある。

彼女のアカウントに端的なメッセージを送信する。

大平邦華という少女に狙われているため今すぐその場を離れて逃げることと、人目に付きにくい逃走経路の地図データ、そして僕との合流ポイントとして、とある施設の場所を送付した。友永朝美がこのメッセージを信じて僕の期待通りに動いてくれるように願う。

身体に鞭を打って走り出す。

様々な研究施設が立ち並ぶエリアから外れた場所にひっそりと佇む、とある施設へと急ぐ。そこが合流ポイントになっている。

呼吸が荒くなっている。

もうすぐそこ。その角を曲がれば。

「……あ」

目的地にたどり着くと、探していた人物の背中が見えた。纏った白衣に、曙光のような明るい髪がよく映える。

「友永朝美だな？」

そう呼びかけながら、彼女の肩に手を置く。

振り返った時の彼女は、目と口を小さく開き、驚きを露わにした。

先進世界の友永朝美。実在している並行世界で唯一、アイドルではない友永朝美だ。

視覚と触覚で互いの存在を観測し合った。その瞬間、パズルのピースがピタリと合わさったような感覚を抱く。

そうして、視界の中で映像が流れた。まるで高速で移動する乗り物の窓を流れる景色のように、前から後ろへ。映像の激流の中に、僕はいた。

それは、ずっと抑圧されていた記憶の解放なのだと、ようやく理解する。

過去の幻視。

その時の僕は拳銃を構えていた。そして引き金を引く。銃口から発射された弾丸は、僕が弾道学の計算で導き出した軌道をそのまま滑り、狙い通りの場所に着弾する。それは、友永朝美の心臓部。

あの時の景色も、拳銃の重みも、火薬の匂いも、全て僕の五感に蘇った。

そうだった、僕はこの少女を、先進世界の友永朝美を撃ち殺したんだ。

思い出した。大平邦華に消されてしまった世界の『僕』が思い出したのと同じように、僕もまた、失った記憶を取り戻した。

そしてそのことを、目の前の友永朝美も思い出したようだ。その目に、突然敵意の炎が灯ったのだから。

「近づかないで！」

鋭い拒絶。

自分を殺した男が目の前にいるのだから、それも当然だ。

「落ち着け。僕は君に危害を加える気はない」

両手を上げ、何も持っていないことをアピールする。

ここで口論に時間を浪費したくない。

「よくそんなことが言えるね？　私は、確かに、あなたに……」

そう言いかけた友永朝美（ともながあさみ）は何かに気づいたように、自身の胸元を押さえた。そこには銃創も、流血もない。今しがた蘇（よみがえ）った記憶との大きな矛盾に、彼女は動揺する。

「あれ？　ど、どうして、私、確かに撃たれたはずなのに」

「それだけじゃない。色々とおかしなことがある」

僕は、彼女を殺した先の出来事についても思い出した。

基元（きげん）世界の『僕』による、忌まわしい敗北の記憶。

あいつに全てをひっくり返された。今思い出しても腹が立つ。だが個人的な感情は一旦置いておこう。最大の疑問について考えるのが最優先だ。

――なぜ再び並行世界が生まれた？

あの時、基元世界の『僕』によって単一の世界に戻されたはずだ。それなのに、なぜこうして先進世界をはじめとする並行世界たちが生まれたんだ？

分からないことが多過ぎる。

しかし、あまりグズグズしているわけにはいかない。こうしている間にも、大平邦華（おおだいらくにか）が迫ってくるかもしれない。

「来い！」

僕はすぐに友永朝美の右腕を掴（つか）んだ。

「は、放して！」

「黙ってついてこい！　これは基元世界の『僕』のためになるんだぞ！」

「え？」

友永朝美の抵抗が少しだけ弱まった。目的としていた施設の中に引っ張っていく。

僕のような主任クラスの人間でなければ詳細を知りえない、この施設。厳重なセキュリティチェックを静脈認証で潜り抜け、分厚い金属製の扉を何重にも通り、エレベーターを降りていき、人の気配のない薄暗い深部へとたどり着く。そこは小さな正方形の部屋。

「こ、ここって、どこ？」

「我々の科学でも解明できない、時空に悪影響を及ぼすおそれのある物が保管されている。僕が探していたのは、これだ」

部屋の入り口にある端末で内部に張られた赤外線センサーなどを全て無力化してから中に入る。部屋の中央の台の上に置かれた、それを手にするために。

半透明の正四面体。四枚の正三角形のガラスを組み合わせたような、握りこぶし大の物体で、表面には虹が浮かんでいる。

「通称、『プリズム』。数年前にこの世界の白亜紀の地層から発見された、時空に干渉する様々な機能を有した機械だ。破損した状態で発見され、その後、調査と修復を繰り返しどうにか現在の状態まで復元したが、まだ隠された機能があると考えられている」

「え、これって先進世界で開発されたものじゃないの？」

「ああ。未(いま)だ原理すら解明できていない未知の機械だ。宇宙人の落とし物ではないかと本気で考えている学者もいる。このプリズムの機能の一つが『時間等曲率漏斗』……要は時空の破れ目のことだが、それを作り出すというものだ」

「それをやってどうなるの？」

「破れ目を通って、自分の肉体を持ったまま並行世界を移動できる」

「それって跳躍者(ジョウンター)よりもすごいじゃん！　そんな便利な代物だったのに、どうしてこんな物置に隠されているの？」

「危険だからだ。かつて実験の一環で、このプリズムを使用して複数の人物が並行世界に肉体ごと移動したことがあった。だが、戻ってきたのはプリズムを持っていた一人だけだった。帰還者の報告によると、プリズムを持っていなかった者たちは全員、並行世界の『自分』に収縮されて消失してしまったらしい。このことから、プリズムは所持した人間だけに、時空改変の耐性を付与する機能もあると考えられる」

「えーと、肉体ごと並行世界に移動したらプリズムを持っている人は無事だけど、持っていない人は並行世界の『自分』に収縮されちゃうってこと？　なるほど、それが危険だからこうして封印されたんだ」

　納得して頷(うなず)く友永朝美(ともながあさみ)に向かって、僕は首を横に振った。

「そうじゃない。問題は、このプリズムを所持していれば並行世界の『自分』に収縮されず、一つの世界に同一人物が存在できることだ。考えてみろ、もし一つの世界で二人の自分がお互いに観測し合ったら、それは宇宙的な矛盾（パラドクス）になる。並行世界全体に致命的な負荷をかけ、並行世界の全てが消えてなくなる危険性すらある。だから、プリズムが誰の手にも渡らないように、保管されていたんだ」

「な、なるほどね。そういうことか」

友永朝美（ともながあさみ）もようやく危険性を認識し、プリズムを恐々と見つめている。

「今話したように、プリズムを使用する不安要素は多いが、僕が得た情報を並行世界の『僕』に伝えるには、これしか方法がない」

「これ、ちゃんと動くの？」

「それは賭けだな。僕もプリズムの詳細な操作方法までは知らない。この部屋に調査レポートが残っているはずだから、それを探そう」

「まさかとは思うけど、このアナログ記録媒体じゃないよね？」

友永朝美が近くのキャビネットから取り出したのは、つづり紐（ひも）で綴（と）じられた無数の紙の束だった。表紙には堂々と『プリズム調査報告書その１（取扱注意！）』と書かれている。

「間違いない、それだ」

「ウソでしょ、これが？」

友永朝美が呆（あき）れた顔で書類をパラパラとめくっている。

「あらゆる機械がネットワークに接続されている先進世界では、紙媒体が最も確実で安全なセキュリティ対策だからな。急いで中身を確認しよう」

「……二人でこんなところで密会なんて、ずいぶんと仲がいいんだね」

背筋が凍り付き、振り返るのが遅れた。

この保管庫の唯一の出入り口を背にして大平邦華が立っていた。すでに拳銃型の注射器を構えていた。その銃口が狙うのは当然、友永朝美。

彼女を庇おうとした時にはもう遅かった。引き金が引かれ、発射された注射器が友永朝美の首筋に飛んでいく。

「あ」

友永朝美が顔を歪めて押さえた首元には、ダーツ型の注射器が刺さっていた。彼女の身体にも、ナノマシンが注入されていく。これで彼女も跳躍能力を失ってしまった。

こうなっては、頼みの綱は一本しか残されていない。

「これで下ごしらえは完了かな。しかし、どうして二人ともそんなに出会いたがるかな？」

大平邦華は唇に微かな笑みを湛えている。僕らを面白がっているようであり、どこか呆れている表情でもあった。

僕は一歩前に進んで、大平邦華に問いかける。手にしたプリズムを後ろ手に隠して。

「君は何者なんだ？　並行世界をもう一度生み出したのは君なのか？　なんの目的で？」

どうせまともな返答はないに決まっている。だが、僕に注意を向けさせることには成功した。この無意味な質問の目的は少しでも時間を稼ぎ、先進世界の消去を一秒でも先延ばしにすることだ。

僕は背中に回した手でプリズムを振り、背後の友永朝美(ともながあさみ)にサインを送る。お前が起動しろ、と。

友永朝美がプリズムの操作方法を知っているのか？　そんなのは、さっき目を通していた調査報告書に載っていたことを祈るしかない。

手の中から、プリズムの感触が消える。友永朝美が受け取ったのだ。僕は更に一歩前に踏み出して、自身の身体(からだ)で友永朝美を覆い隠す。

大平邦華(おおだいらくにか)はにこりと笑って、両腕を広げた。

「さあて、あたしは誰でしょう？　さて、この世界は色々と異質で面白かったけど、野放しにしておくのはやっぱり危険だね。何が起きるか分からないし、そろそろ終わりにしようか。――音声認証。『世界収縮コード・２３８２６７』」

大平邦華が奇妙な呪文を口にした。

その瞬間、彼女の胸元が虹色に輝き出す。それは、先ほどの並行世界の消去の現場で見た時と同じ光だった。そして、彼女の肉体を透過するように、まるで幽霊が壁を通り抜けるように、輝く胸から飛び出してきたのは……。

頭を鈍器で殴られたような衝撃に襲われる。

「まさか、なぜ、……君が、それは？」

大平邦華の胸元に輝いているのは、間違いなくプリズムだった。

世界に二つとないはずのプリズム。先進世界が持てる技術の粋を集めても複製することはおろか、その正体も掴めなかったプリズムが、大平邦華の胸元から現れた。

この部屋に、二個のプリズムがある。

彼女のプリズムを基点にして飛び交う七色の光線。まるでプリズムが周囲から光を取り込み、それを分光し、この空間にまき散らしているようだった。

「ごめんね。でも安心して。きっと、あたしが二人を……」

光の奥から、微かな声が聞こえる。

虹色の超新星爆発に目を眩ませながら、僕は背後に向かって叫ぶ。

「友永朝美！」

そして、僕の右手に彼女の手が重ねられる。

「行くよ、掴まって！　音声認証。『世界移動コード・56381』」

彼女の声が鼓膜を叩いた瞬間、僕の視界からすべてが消え去った。視界を焼く虹の輝きも、大平邦華の姿も。肉体ごと世界を飛び越える、その浮遊感は一瞬にして終わった。そもそも本当に浮遊感を覚えたのか、自分の感覚を疑うくらい微かだった。

時空の跳躍。それは驚くほど淡々に過ぎ去った。

そして、僕らは先進世界を脱出した。

その直後、僕の故郷の先進世界は解体され、単なる可能性として多元宇宙の狭間に消失したのだろうと悟った。

だが余計な感傷に浸ることもなく、僕は大平邦華が最後に言ったセリフについて考える。

僕の聞き間違いでなければ、彼女は。

「きっと、あたしが二人を幸せにしてあげるから」と、そう言った。

3

俺は結局、邦華がおすすめするホラー映画を見る羽目になった。年下の前だから見栄を張っていたかったのだが、どうにもあの手のジャパニーズホラーと相性が悪く、散々ビビり散らしてしまい、隣席の邦華に爆笑された。

映画が終わった後の喫茶店でもずっと弄られ続けた。

「あー、おなか痛かった。先輩くん、面白過ぎだよ。登場人物が安心した場面でお化けが出るのはホラーの鉄則なのに、あんなに大声上げるなんて。新鮮な反応ごちそうさまです」

邦華はニコニコ顔でコーラを啜っている。

「た、確かにお約束は分かってるが、心構えをしててもビビるもんはビビるだろ」

情けない言い訳をすることになってしまった。

それからはショッピングに付き合った。セレクトショップで一人ファッションショーを始める邦華に向かって、俺は試着室のカーテンが開くたびに「似合ってる」「可愛い」を繰り返していた。最初はともかく、だんだん飽きてきて今や感想の声に感情が乗っていない。

「ねえねえ、少し早いけど、この夏物の新作どうかな？」

もう何度目になるか、またもや得意げな表情と共に試着室から邦華が現れた。

今回は藤色のワンピースに身を包んでいた。軽い生地で作られているためか、邦華が少し歩くだけで、ワンピースの裾がまるでスカートのようにひらひらと揺れる。また、ノースリーブなので華奢な肩が露出され、照明の光を艶やかに反射していた。暑さが増してくるこれからの季節に相応しい、涼しげで開放的な雰囲気だ。

似合っているかと聞かれれば、間違いなく似合っている。というか、邦華の容姿なら大抵の服装が似合うに決まっているのだが、どうしても気になる点があった。

「ちょっと露出多過ぎないか？」

「えー、これくらい普通じゃない？」

邦華が試着室の中の姿見を振り返り、あれこれポーズを取って確認してから、また俺に向き直ると、不満そうに頰を膨らませる。

「やっぱり全然普通だよ。先輩くんの頭が古いんだよ」

そう言われようとも、今の格好の邦華はあまり人前に出したくない。

「いや、そんなに肩を出すのははしたないだろ。ほら、このサマーカーディガンを羽織ってみろよ。……うん、だいぶマシになったな」

「これじゃあ暑いじゃん！　このワンピ着てる意味がないよ！」

試着した服を買う気もないくせに、その後も俺たちはああでもないこうでもないと言い合いを続け、店員さんの視線の冷たさを無視できなくなった頃合いで、邦華のファッションショーは幕を下ろした。

そんな感じで一日中邦華に振り回されたわけだが、面倒とか退屈だとかは一切思わなかった。自分の興味のないことでも、気の置けない相手と一緒なら楽しめるものなんだろう。

暮れなずむ帰路を歩き終えて自宅の前に立ち、心地よい疲労感とともに帰宅する。

「ただいま」

「あら？　またどこかに行ってたの？」

リビングから母親の声が聞こえた。

「またってどういうこと？　俺は今ようやく戻ってきたところなんだけど」

「え、十分前くらいに帰って来なかった？　玄関のドアが開く音がしたから『おかえり』

って声を掛けたら、『ただいま』って返事したでしょ？　あなたの声だったわよ」

なんか話が噛み合わないな。たぶん、母さんは疲れているんだろう。これからはもっと母親孝行を心がけよう。

俺はそのまま、二階にある自室に向かう。階段を踏みしめながら今日の一日を振り返っていると、たった一つだけ心残りがあることに気づいた。

そういや、友永朝美が主演の映画、見られなかったな。

映画館で見たあのポスターを思い出す。自分でもなぜかわからないが、広告の中の友永朝美が妙に心に焼き付いている。

邦華にネタバレされたけど、今度映画館で見てみよう。もちろん、一人で。

脳内カレンダーでスケジュールを組んだところで、自室への扉を開ける。

いつも通りの部屋。取り立てて説明することのない、どこにでもある一般的男子高校生の部屋。

その、部屋に、強烈な異物がいた。

勉強机の前の椅子に腰かけ、俺のお気に入りの漫画を読んでいた。俺が入ってきたことに気づくと、視線を持ち上げる。

俺の目をまっすぐ見つめ返し、そして少しだけ照れ臭そうに笑った。

「久しぶりだね、秀渡君」

国民的アイドルの友永朝美が、俺の部屋にいた。

朝焼けを思わせる色合いのミディアムヘアに、まるでルビーのように大粒の瞳。桜色の唇は瑞々しく、地肌は血色良く健康的だ。隣に立つのが恐ろしくなるほどの小顔。身体は華奢だが、肉付きは悪くなく、女性的な雰囲気をしっかり持ち合わせている。なぜか今纏っているのは、医者や研究者のような白衣だが、それすらも最新ファッションに見えてしまう。いや、きっとそうだ。最近の女子高生の間では、白衣がトレンドなんだ。というか、彼女がトレンドにしてしまう。

テレビやネット広告で見ない日はない、そして今日も、映画館のポスターで目にしたばかりの友永朝美が、俺の部屋で漫画を読んでいた。

「……な、ん………え？　どうして？」

多過ぎる情報量に脳がフリーズする。

「あー、ごめん。そうだよね、わけわかんないよね。うーん、どう説明したらいいのかな」

「え、あ、あの、実は昔からの、ファン……って、言うのはまあウソで。『スパスト』のライブなんか一回も行ったことのない、ただのミーハーなんですけど、あ、でも、こうしてご参集いただきましたことは、心よりお礼を」

「秀渡君！　頭バグってて、何言ってるのか分かんないよ！」

ウソだろ、あの友永朝美が俺の名前を呼んでる？　マジか。いや、これは夢か。そうだ、そうに決まってる。

「秀渡君！　急に頬をつねり出してどうしたの！」

あれ、ちゃんと痛いぞ。おかしいな、夢なら早く覚めろ。国民的アイドルが自分の部屋にやってくるなんて恥ずかしい夢をいつまで見ている気だ。

「全く、いつまでバカなことをやってるんだ。ちゃんと現実を直視しろ」

急にいけ好かない男の声がしたかと思うと、ベッドの上の布団がむくりと起き上がった。子供がいたずらでやるお化けの真似のように、頭から布団を被った誰かが立ち上がったのだろう。さっきの声の主だ。

これが本当に俺の妄想を具現化した夢なら、ここで第三者の男を登場させるはずがない。ということは、やっぱりこれは現実なのか？

「お、お前、誰だ!?」

見ず知らずの人間が自室にいるという恐怖が、今になって湧き上がる。

「それよりも重要なことがある。大平邦華についてだ。この世界の君は、彼女とどういう関係なんだ？」

大平邦華？　なんであいつの名前が？

突然現れた不審な男に対する疑念が怒りへと変わる。

「人の部屋に不法侵入してきて何言ってんだ！　とっとと出ていけ！」

そのまま勢いづいて、布団の中の男に飛び掛かった。

「な！　この、バカ！　話を！」

布団の中でなにやらわめいている。聞く耳を持つ気はない。幸いなことに、抵抗はあまりない。というか、こいつ、大した力ないな。

「いい加減、俺のベッドから退けよ！」

ついに、俺の手が布団にかかった。一瞬だけ、内側にいる男と引っ張り合いになったが、その綱引きはすぐに勝利する。そして、勢いよく布団を引き剥がすことに成功した。

翻る布団。ベッドの上に脱ぎっぱなしにしていた寝間着も宙を舞っていた。

その瞬間、俺の目にはすべてがスローモーションに見えた。まるで重力が十分の一になったかのように、布団や寝間着が空中をふわふわと漂っている。

そんな俺の視界の中心にいる、こいつは。

「――――っ」

今度こそ、言葉を失った。友永朝美が部屋にいたこと以上に驚くことなんてないと思っていた。でも違った。

「……はあ。まあ、こうなるだろうとは予測していたけどね」

剥ぎ取った布団の下に隠れていた男は、……見紛う事なき『俺』だった。俺よりも少しだけ髪は長く、耳が隠れている。それに友永朝美と同じように白衣を着ている。そして、なぜか身体の輪郭や色合いが全体的に薄い。まるで幽霊のように半透明だった。しかもその透明さは少しずつ増していき、存在感がどんどん薄まっている。だが、そういう細かい点を覗けば、まるで鏡映しのようにそこに立っていた。

「こんばんは、並行世界の『僕』」

自分と見つめ合う。

その瞬間、もう一人の『俺』の視線を通じて、俺の知らない記憶が流れ込んできた。

「ぐ、あ、があ！」

脳が風船のように膨れ上がって、頭蓋骨を破ろうとしているかのような感覚。無数の声、映像、触覚、味覚、嗅覚、その他もろもろの情報に叩きのめされる。膨大なデータ量を詰め込まれていた圧縮ファイルが、脳内で解凍されていた。

平衡感覚を失い、倒れこんだ。

「秀渡君！」

友永朝美の心配そうな声が、とても遠くに聞こえる。

視線を持ち上げると、目の前には『俺』が見えた。だが、その姿は消えかかっている。

『俺』は透き通った自分の手のひらを、諦観したように眺めている。

「これが僕の活動限界か。まあここまでよく耐えた方だ。……さあ、『僕』、ちゃんと受け取ってくれよ。『僕』が命を投げ打ってまで掴(つか)んだ貴重な情報だ」

自嘲するように呟(つぶや)き、再び俺を見た。視線を介して、俺たちは接続される。

そして、脳の神経回路が焼き切れるほどの膨大な情報が一挙に押し寄せて、俺を押し流していく。

ついに、耐え切れなくなって意識を手放す。視界がブラックアウトした。

4

「聞こえるか、『僕』」

暗闇の中で『俺』の声がした。

ああ、聞こえる。

「これで僕らの記憶は同期した。思い出したか?」

途方もない情報量に一時は飲み込まれてしまったが、意識を失ったことで脳の処理能力に余力が生まれ、少しずつ分析を進めることができた。お陰で、この無数の記憶の時系列への並び替えが完了し、やっと全てが繋(つな)がった。これまで覚えていた違和感が解消され、失われていた記憶が顔を出した。

——思い出した。

基元世界と呼ばれる唯一の世界で事故にあった俺が並行世界を生み出したこと。友永朝美と恋人となった世界、南陽菜乃先輩と生徒会に入った世界、樹里という義妹がいる世界など、無数の青春を謳歌していたところ、先進世界が現れて統合を図ろうとしたこと。対抗するためにあらゆる世界を逃げ回り、ついに奴らを倒して、基元世界に戻したこと。そして、幼なじみの友永朝美に想いを伝えたこと。

そして、その後になぜか並行世界がもう一度生まれて、先進世界の『俺』がこうして俺に会い来たということ。

「どうやら、ちゃんと記憶が受け継がれたようだな、よかった。さて、僕の人格が君の中に完全に収縮される前に、これから先の話をしておこう。まずは、この世界の友永朝美の元に向かい、ここにいる先進世界の友永朝美と引き合わせるんだ」

『俺』から受け取った情報が、その行動の意味を教えてくれる。

それは、この並行世界を壊すため、か？

「そうだ、先進世界の友永朝美は今、プリズムを所持していて、あらゆる時空改変の影響を逃れる特異点となっている。僕みたいに収縮されることなく、この世界に留まっていられるはずだ。彼女とこの世界の友永朝美を互いに観測させることで宇宙規模のパラドクスが起き、その途轍もない負荷が並行世界全体をオーバーフローさせるだろう」

そんなことをしたら……。

「全ての並行世界が強制終了する、と思われる。元々、並行世界とは基元世界から派生した幻の世界だ。宇宙的規模の過負荷が発生した場合、それに耐え切れないはずだ。多数のプログラムを同時に動かしていたコンピュータが処理能力の限界を迎えると、起動中のプログラムが全て落ちるようなものだ。しかし、この宇宙の基礎、オペレーティングシステムである基元世界までは崩壊することはないはずだ。つまり、全ての並行世界は収縮され、基元世界が復活する」

それについてはなんとなく分かった。問題は邦華だ。あいつは何者だ？　お前の記憶によると、並行世界を移動したり破壊したりしたみたいだが、なぜそんなことができる？

「おそらくは、彼女のプリズムの力だろう。あのプリズム、見た目こそ先進世界にあったプリズムと同じだが、中身はこちらのプリズムよりも上位の機能が備わったタイプのようだ。さしずめ、プリズム・バージョン2だな」

どうしてそんなものを邦華が？　あいつは、先進世界よりも科学技術が進んだ並行世界からやってきたのか？

「そのような世界は、僕が調査した中では発見できなかったから考えにくい。僕の推測では、彼女は並行世界ではなく、地球外惑星か、もしくは遥か未来からの来訪者だ」

宇宙人か未来人かの二択ってことか？

「プリズムを開発できるほどの高度な科学力を有しているのだから、そのどちらかの可能性が高い。だが、この推測が正しかったとしても、彼女の目的は不明のままだ。そこで君に聞きたい。彼女とはどういう経緯で出会い、親しくなった？」

普通に、クラスメイトとして知り合ったんだ。特別なことはなにもない。変な素振りだってそんなの一つもなかったはずだ、たぶん。

「もう一度、基元世界に戻ってからについて、順を追って思い出そう。僕の計画を潰した君は基元世界に帰って、あの友永朝美に好意を伝えた。それは僕も僅かに覚えている」

おま、見てたのか！

「あの時の僕は、湯上秀渡の可能性の一部として、君の中に収縮されていたからね。記憶が同期されている。……おい、何を恥ずかしがっているんだ」

あーっ、クソ！　言いたいことはあるが、一応置いておこう。ああそうだ、俺は確かにあいつに告白した。それは間違いない。……だけど、その後のことは……。

「僕も同じく、あいまいにしか覚えていない。恐らくは彼女からなんらかの返事を受け、その後は高校を受験して入学、そしてクラスメイトの大平邦華と出会った。……しかし、いつの間にか、幼なじみとしての友永朝美は消え去り、こうして無数の並行世界が生まれている。それどころか、君と友永朝美が知り合った過去のある世界は、現存する並行世界のどこにも存在していない」

並行世界はあらゆる可能性を網羅していることを、俺は身をもって知っている。だが、先進世界の『俺』によると、今回発生した並行世界はそうではない。友永朝美が国民的アイドルとなっていること、俺との接点が全くないこと、こうした共通したルールがある。

だったら、基元世界はどうなったんだ？

「並行世界の再誕と共に解体された、と考えるべきだろう。だから、僕たちの中に基元世界の記憶が断片的にしか残っていないんだ。そして今は、偏りのある並行世界だけが存続している。つまり、大平邦華はなんらかの意図をもって、存続する並行世界を選んでいるわけだ。彼女に不要と判断された並行世界はことごとく消されたんだ」

……さっき、お前の故郷の先進世界が消されたように、か。

「余計な感傷はいらない。君も知っている通り、そもそも並行世界なんて最初から存在してなかったんだ。無に戻っただけだ」

意識が同期されているお陰で、こいつが強がっているわけではないことが伝わってくる。流石、先進世界の『俺』。同じ湯上秀渡とは思えないほど理知的だ。

「大平邦華は、僕と友永朝美が先進世界から脱出したことに気づいているかもしれない。だとしても、どの並行世界に逃げたかは分からないはずだ。そこが僕らの唯一の勝機だ。

この世界にいる彼女に悟られることなく、君が目的を遂行するんだ」

ああ、分かった。先進世界の朝美を、この世界の朝美と出会わせる。そうして、並行世界をぶち壊して、基元世界に戻そう。

別に世界を救うだとか、そんな大それた気持ちはない。

だけど、絶対に基元世界を取り戻すという思いだけは、強く燃えていた。

なぜか？

そんなの当然だ。あの時の告白の返事を、取り戻すためだ。

俺は、朝美に告白するという選択をした。一世一代の決心だった。例え結果がどうだろうと、その選択の答えは俺のもののはずだ。だから絶対に取り返してみせる。

動機なんて、それで十分だ。

「君みたいな低俗な人間には、そんな不純な気持ちが行動原理になるんだな。単純で羨ましいよ」

はいはい。ご声援どうも。

「一応忠告しておくが、基元世界を取り戻したからといってそれで終わりじゃない。大平邦華の持つプリズム・バージョン2をどうにかしないことには、元(もと)の木阿弥(もくあみ)だろう。先進世界で発見されたプリズムがなぜ彼女の手にもあるのか不明だ。これについては僕にも策はないから、君がなんとかしろ」

先進世界の『俺』の声が薄れる。こいつはもうすぐ消える。そのことが俺にも分かった。

だから、最後に、一つだけ質問を。どうしても聞きたかった、この疑問。

どうして、俺を助けてくれたんだ？

「………」

以前、俺はお前の計画を台無しにした。お前に恨まれこそすれ、助けられるとは思わなかった。義理も筋合いもないのに、どうしてお前はここまでしてくれたんだ？

「基元世界では、僕と君は間違いなく一つだった。だから、僕の崇高な計画をぶち壊した君が、友永朝美に告白とかいう下らない選択をしたことも知っている」

下らないは余計だ。

「だから、その選択の返事が分からないままなんて、許されないんだよ。僕の選択を殺してまで選び取った君の選択が、つまらない結果で終わったという事実を取り戻し、それを存分に嗤ってやらなきゃ、僕の気が収まらない」

つまらない結果に終わったって決めつけんなよ！

「ふん、どうだかな」

ったく、最後までいけ好かない『俺』だな。

「いいか。僕の声が聞こえなくなったからって、僕は消えたわけじゃない。僕は常に君の可能性の一つとして傍にある。それを忘れないことだ」

ああ、そうかい、あばよ。

それっきり先進世界の『俺』の声は途絶えた。せいせいする。

だが、感謝はしておこう。あいつのお陰で、俺は俺を取り戻した。

いい加減、気絶するのは終わりだ。まだ疑問は尽きないが、目を開こう。

5

目を開くと、眼前に朝美の顔があった。

「あ」

「ん」

驚くほど近かったので、一瞬思考がフリーズする。長いまつ毛の一本一本が数えられるくらいの位置。

それに、頭の後ろがなんか柔らかい。枕とはちょっと違う。いい匂いするし。

あ。もしかして、俺、先進世界の朝美に膝枕されている？　そっか、先進世界の『俺』と出会って俺が倒れてしまったからそれを心配してくれて……。

「あ、わ。お、おはよう」

俺に見上げられて、恥ずかしそうに視線を逸らす先進世界の朝美。

「あの、ほら、気絶した秀渡君を床に放置しておくのは可哀そうだったから。緩衝材が必要かなって」

ゴニョゴニョと言い訳めいたことを呟いている。

「お、おう。ありがと」

俺も気まずい思いを抱きながら、ゆっくりと起き上がる。ちょっとだけ名残惜しかったが、流石にあの体勢のまま話はできない。

「……んで、ちゃんと思い出してくれた？」

「あ、ああ。とりあえず、重要なところはな」

「よかった。それじゃあ、やるべきことも分かってるね」

「お前をこの世界の朝美のところに連れていく。邦華にバレないように」

「うん、それでいいよ！」

「ちなみに確認なんだが、プリズムとやらがあれば、本当にお前は収縮しないんだよな？さっきの先進世界の『俺』みたいに消えたりしたら困るぞ」

先進世界の朝美はこくりと頷いて、自分の胸元に手を当てた。先進世界の『俺』の知識によると、プリズムは非物質的な存在であり、人間の肉体と精神に融合しているようだ。今も目には見えないけれど、先進世界の朝美の中にあるらしい。

「うん。これがある限り、私はどんな時空改変にも耐えられるみたい。だからこの世界の

『私』と観測し合っても、収縮されることはない……と思う。実際に、試したことはないからちょっと不安なんだけどね」

「今更なんだが、この装置をお前じゃなくて先進世界の『俺』が使用していればもっと話は早かったんじゃないか？　そうすれば、わざわざ国民的アイドルの友永朝美を探さなくても、ここにいる一般人の俺を見つけて、先進世界の『俺』が観測すればよかったような」

「うん。先進世界の秀渡君も最初はそう考えてたみたい。だけど、急にあの大平邦華が現れたから彼が使う余裕がなくて、代わりに私が所有者になったの」

「だとしてもこっちの世界に逃げてきたんだから、一旦プリズムを外して付け替えるとか」

「あ、それは無理。プリズムは一度融合するとロックがかかって、簡単には取り出せないようになってるから。たぶん、使用者の身の安全を守るためなんだろうね」

「じゃあ、お前の身体から二度と取り出せないのか？」

「一応、解除コードがあるみたいなんだけど、それを詳しく調べる前に先進世界を脱出しちゃったから、もう外す手段はないってわけ」

「なら仕方ないか。お前が消える心配はしなくてもいいなら、それはそれでよかった」

「そうだね。それで、こっちの『私』と会うためのプランはある？」

「あーいや、全然」

というか、この世界の友永朝美は『スーパーストリングス』のセンターを務める国民的アイドルだ。もちろん、単なる一般人に過ぎない俺との面識は一切ない。幼なじみだった基元世界なら徒歩五分で会いに行けたのだが、この世界ではこの近所に引っ越して来ていないので、実家がどこにあるかも分からない。

「つってても手段が全くないわけじゃない。幸いなことに、今月は『スパスト』のライブをやるみたいだ。ここに上手く潜り込めれば、直接会う機会はあるかもしれない」

俺はスマホで『スパスト』の公式サイトを開き、公表されているスケジュールを伝える。狙い目は、今週の金・土・日と三日続けて開催されるライブだ。

「うんうん。なるほど。この三日間がチャンスってことだね。うわぁ、私がいるよ！　なんとまあ、フリフリの衣装着ちゃって」

先進世界の朝美が横から俺のスマホを覗き込む。……画面が小さいから仕方ないとはいえ、身体が密着してしまう。その仄かな体温を嫌でも感じる。って、いやいや、そんなの気にしてる場合じゃないだろ。

「ん、どうしたの？　そんなに身体を反らして」

お前の肩と触れ合わないように頑張っているんだよ。察してくれ。

「あ、えっと、その……、あ、そうだ！」

緊張を悟られないように何か話題を捻り出そうとして、ふと懸念事項を思い付く。

「お前を『スパスト』のイベントに連れていくわけだが、一つ問題がある。お前はアイドルの友永朝美と同じ顔だ。もしファンに見られたら絶対に騒ぎになる。アイドルの友永朝美がいると勘違いするか、もしくは親族と勘違いするか。どっちにしてもお前は身動きができなくなるし、騒ぎの大きさによってはライブが中止になるかもしれない。そうなったらこっちの朝美とは会えないいし、お前がこの世界に逃げて来ていることも邦華にバレる」

「あ、確かに、そうだよね」ぽんと手を打つ。

もし邦華が気づいたら、先進世界にしたようにこの世界を剪定するだろうか。それに関しては、なんとも言えない。

「もちろん、お前にはきっちり変装してもらう。だが、ライブなんて熱狂的なファンが集まるはずだ。中途半端な変装だったら見破られるかもしれないぞ」

実際、これは頭が痛い問題だ。

サングラスやマスク、帽子、あとは男装とか？　うーん、ちょっと心もとないな。

「……そっか」

先進世界の朝美は俺のスマホでこっちの世界の『自分』をしばらく眺め、そして壁際の姿見で今度は自分の顔を見つめる。

「秀渡君、ハサミ借りるよ」

許可を得るよりも早く、勉強机のペン立てに入ったハサミを手にする。

俺が止める暇もなく、先進世界の朝美は左手で自分の髪を束ねると、その根本に右手のハサミを宛がった。

ジャキン。ハサミの刃が鈍色に光り、そして髪を切り落とした。

そのまま先進世界の朝美は姿見の前で、自分の髪をどんどんと整える。ジャキジャキとハサミが顎を動かす。床には彼女が自ら切り捨てた、髪の毛が散らばっていく。

「こんなところかな？」

ようやくハサミを置いた時には、先進世界の朝美の髪型は不格好なショートカットになっていた。髪の先がガタガタで長さも不揃いだ。ちゃんとしたハサミも技量もない中で自分の髪を切れば、こうなるのは仕方ないのだが。

「あ、……その……、似合ってんな」

「はは、お世辞ありがと」

先進世界の朝美はそう苦笑いしたが、俺は本音のつもりだった。

友永朝美の完璧な容姿は、変な髪型程度では揺るがない。いや、それどころか、そのアンバランスさすら魅力的にしてしまう。むしろこの髪型こそが、友永朝美を最も美しく魅せるヘアスタイルなんだとそんな風に納得させられる。そんなことあり得ないのに。

「やっぱすーすーして落ち着かないかも。うー。気になる」

これまで後ろ髪が隠していた首筋が露わになっていて、ちょっとしたエロスを感じる。

「ま、これで少しは目立たなくなったかな」

先進世界の朝美がニッと白い歯を見せて笑う。

断髪して中性的になった容姿でそんな爽やかな笑顔をしたらダメだろ。イケメン過ぎる。

「じゃ、頼りにしてるよ、秀渡君」

「……おう」

拳を突き出してきた先進世界の朝美に、俺は自分のそれをぶつける。

まだ、分からないことばかりだ。

なぜ再び並行世界が生まれたのか。邦華が原因ならば彼女は何者なのか。そして、俺のあの時の告白の返事は……。

それでも、絶対に取り戻してみせる。


――もう一度、基元世界を取り返そう。

幕間　最後でも最初でもないアイドル

「それじゃあ、会場近くまで車持ってくるからちょっと待ってて」

スケジュールの確認を終えたマネージャーさんが、私の控室を後にする。頼りになる大人の女って感じの背中に「ありがとうございまーす」とお礼を言った。

来週に迫ったライブのリハーサルを終えて、いつもの目立たない私服に着替えた私は、マネージャーさんが戻ってくるのを待つ。

「はあ、今日もつっかれたなー。でも今月はイベント多めだし、頑張らないと」

椅子に寄りかかって、大きく伸びをする。今日はリハとはいえ、本番と変わらないくらい本気でダンスも歌も歌ったのでクタクタだった。

私に用意された控室は個室なので、私以外に誰もいない。物静かで落ち着くんだけど、空いた時間に話し相手がいないのはちょっと寂しい。

こういう時、いわゆる普通の女子高生だったらスマホでＳＮＳを覗(のぞ)いたりするんだろうけど、私はしない。嫌でも自分の話題が目に入るから。

色々な意見があるのは分かり切ってるし、見知らぬ誰かの悪意に自分から飛び込むつもりもなかった。

なので手持無沙汰な私はマネージャーさんからもらったスポーツドリンクをラッパ飲み

する。勢いよく飲んだせいで、ペットボトルがベコベコと音を立てて凹(へこ)んでいく。

「ぷはぁ。やっぱ、この一杯のために生きてるよね、私は」

今の私は、とても人前では見せられない腑抜(ふぬ)け具合だ。

『おっさんかよ。そういう発言、ファンには聞かせるなよ』

びくりと肩が震える。

慌てて周りを見回す。もちろん、誰もいない。

……まただ。

最近、幻聴を聞くことが増えている。周りに誰もいない時、静かな場所にいる時に、ふと聞こえる知らない男の子の声。どこか懐かしいようで、でも絶対に知らないはずの声色。昔の知り合い？　ファンの誰か？　ううん、そのどれでもないはず。

声の主を思い出そうと目を閉じると、いつももやもやしたシルエットがまぶたの裏に浮かんでいる。辛うじて人の顔の形をしている靄(もや)。ふわふわと漂うばかりで、細かい部分は全然見えてこない。

たぶん、疲れているんだろうと思う。心配させたくないから、マネージャーさんには何も言っていない。というか、知らない男の子の声が聞こえるとか話したら、欲求不満だとか思われるかも。うう、それは嫌だ。

お仕事をたくさんもらえているから、その疲れのせいだ。うん、ありがたい。

最近、主演を務めた『半世紀後ダイアリー』という映画も評判がいいと聞いている。公開されてから映画やドラマの出演依頼が増えたと、マネージャーさんが喜んでいた。

また一つ、ステップアップできたかな？

私だっていつまでもアイドルではいられない。あと数年経って十代を過ぎれば、どうしても新しい世代に抜かされてしまう。アイドルの賞味期限は花の命と同じで短いのだ。

だから、アイドルを卒業した後についても、私は色々と考えていた。

やっぱり芸能界には居続けたいから、女優を目指したい。それはこれまでにも抱いていた漠然とした夢だったが、今回の映画の主演を務めたことでより強くなっていた。

アイドルを引退したら、女優として活躍する。

これはまだ、マネージャーさんにも、両親にも、誰にも言っていない私の目標。もちろん、まだまだアイドルは続けるつもりだし、全力で頑張るつもりだ。

でもアイドル稼業はいつか終わる。私が子供の時から抱いていたアイドルという夢から覚める時がくる。

だったらその後は、女優として華々しく活躍してみたい。

具体的なことはまだ何も分からない。今の私の中のあいまいな夢だ。

そう、それはまるで、まぶたの裏にぼんやりと浮かぶ、謎の声の主のようにフワフワとしている。

って、ダメでしょ私！　またあの声のこと思い出しちゃったじゃん。気にしないようにしてたのに。

「…………ねえ、あなたは、誰なの？」

頭の中に居座っている誰かさんにポツリと呟く。返答なんてあるはずない、そう思っていた。

だけど、

『ずっと、好きだった。俺と付き合ってほしい』

幻の声が耳元で鮮やかに蘇った。

「――――ッッ！」

とっさに口を押さえる。そうしなきゃ今頃、変な悲鳴をあげていた。

……なに、今の？　告白、だよね？　私、この声の男の子に告白されたことがあるの？

自慢じゃないけど、私は結構モテる。小学校から今に至るまで、異性からはもちろん同性からも愛の告白を受けてきた。もちろん、アイドルに恋愛不祥事はご法度なので、申し訳なく思いながら全部断っている。

けど、こんなストレートなセリフを言われた覚えはない。ってことは、私の妄想？

ど、どどど、どうしよう。私、もしかして、本当に欲求不満なのかな？　アイドルだからって恋愛断ちしていたせいで、自分でも知らないうちに十代特有のモヤモヤが溜まりに溜まって、存在しない王子様を作り出しちゃったの？

空想の王子様に恋をするなんて、いい年して私は何やってるの！　そんなこと、今時幼稚園児だってやらないよ！　恥ずかしすぎる！

で、でも、私の妄想だったら、もうちょっと細かいビジュアルまで描写してほしいんですけど！

それなら、やっぱり大昔に出会った男友達とか？

頑張って思い出そうとしても、やっぱり実体のない煙のようなシルエットが浮かぶだけだった。スマホでアイドルになる前から知り合いの連絡先を探しても、ピンとくる名前はない。

両親に幼い頃の私と仲良くしていた男の子が近所にいたか聞いてみたけど、それらしい回答はなかった。私たち家族が暮らすマンションの近所には、私と年の近い子供がほとんどいなかったらしい。ちなみに当時のお母さんは、同じ年ごろの子供を持つママ友が欲しくてたまらなかったとか。

結局、この声の主は単なる妄想なのか、それとも実際に過去に会ったことのある人なのか。もう全然分からない。頭の中はゴチャゴチャだ。

「あああ、もう！」

ついに叫び声をあげて、頭を抱え込んでしまう。

そして、そんな最悪のタイミングで控室のドアが開かれた。

「朝美ちゃん、遅くなってごめんなさい。会場の前に車回してあるから、これから一緒に乗って……って、どうしたの？　顔真っ赤よ？　まさか風邪とか！」

「だだ、大丈夫ですから！　ホント！　なんでもないですから！」

駆け寄ってきた心配性のマネージャーさんに、慌てて元気をアピールする。

「だとしても、今の時期、身体は大事にしないといけないわ。私のお婆ちゃん直伝のショウガはちみつ汁を用意するからね」

「……意外とお婆ちゃんっ子だったんですね、マネージャーさん」

そんな風にマネージャーさんと話していたお陰だろう、いつの間にかあの幻聴は聞こえなくなった。

そのうち、私の意識も目前に迫ったライブに向かっていた。

第二章　ワールドメイカー

1

梅雨が近いことを告げるような、シトシトと小雨が降る中の通学路だった。アジサイの季節はまだ先だが、登校中の生徒たちが頭上に差した色とりどりの傘が寄せ集まって、カラフルなアジサイが咲いているようにも見える。

俺も、巨大なアジサイの花弁の一つになりながら校門をくぐる。

下駄箱(げたばこ)で靴を脱ぎ、階段を上って一年二組の教室に向かい、クラスメイトと挨拶を交わすといういつものルーティンワークをこなす。

「おはよ、湯上(ゆがみ)さん」「はよざいまーす」「今日は雨で激萎えっすね」

いつものように、クラスメイトから若干の距離感を覚える返事に、こちらも適当に相槌(あいづち)を返す。

俺はクラスの中で、ちょっと特別扱いをされている。いじめられているわけではない。

中学三年の冬に階段から頭を打ったことで数か月間意識不明状態となり、目覚めた時には高校受験に間に合わなかった。それから一年後にこの高校に入学することができたが、一年浪人しているのと同じことなので、クラスメイトよりも年齢が一個上になる。

その辺の事情は、入学当初の自己紹介の時に全部明らかにしている。周りもそれに関して触れてくることはない。

ただ気を使われてるってことは、ひしひしと感じる。まあ仕方ない。同い年の集団の中に一人だけ年上がいたら、どう扱っていいのか分からないのは当たり前だ。

俺の父親は、社会人になったら一二の年の差なんて関係ないとは言うけれど、高校生にとって一年の歳の差はとんでもない大きな隔たりである。

なのでクラスでの俺の立ち位置はやや浮いている。周囲も俺を遠巻きにしている。俺が自分から会話に交ざろうとすれば受け入れてくれるけれど、周囲から積極的に巻き込もうとはしてくれない。そんな感じだ。

別に俺はそれでも構わない。穏やかに高校生活が送れれば一番だ。そう、そのはずだったのだが……。

「おはよ、先輩くん。土曜日は楽しかったね！」

濃紺色のショートカットをふわりと浮かし、軽やかなステップで俺の傍(かたわ)らに立ったこの大平邦華(おおだいらくにか)だけは、周囲の空気なんか気にせずに話しかけてくる。

社交的な性格の彼女だが、実は俺と同じようにクラスからちょっと浮いた存在だ。邦華はいつも教室の片隅で分厚い本を読んでいて、自ら周囲と壁を作っている。と言っても、時折クラスメイトと話す時は明るい笑顔を見せるので、人付き合いができないというわけではなく、好きだから一人でいる、そんなタイプだった。

クラスで浮いている者同士、なんとなく親近感は覚えつつも、俺の方から話しかけることはしなかった。一人でいるのが好きな奴に話しかけにいくのは悪いからだ。

そう、そのつもりだったのだが。

入学してからしばらくして、俺は彼女からの視線を感じるようになった。

自意識過剰だと最初は思っていたのだが、開いた本の文字を追っていた彼女の視線が、たまに俺の方に向けられるのを確かに感じた。寝たふりをして確かめたから間違いない。

なぜかわからないが、彼女は俺を気にしている。たぶん、彼女もクラスで浮いている俺に、多少なりとも親近感を覚えたのだろう。

せっかくの高校生活だ。クラスの中に友人の一人くらい作っておきたいと思った。だから、俺は意を決して話しかけた。

「毎日、そんな分厚い本を持ってくるって大変そうだな？」

いつものようにハードカバーを広げていた彼女に、俺はそう言った。

「……あ」

俺が話しかけてきたことに驚いたのか、少し目を丸くする彼女。だが、すぐにこくんと頷きを返す。

「紙とインクの匂いが好きだからね」

「ふーん、電子書籍にはしないのか？　かさばらないからどこでも持ち運べて、隙間時間にちまちま読めて便利って聞いたけど。それで参考書を読んでいる奴（やつ）もいるらしいぞ」

「否定しないけど。あたしは、紙の本で読む方が風情があって好きかな。電子書籍が流行（はや）っても、この文化は廃れないで残って欲しいね」

「年寄りみたいなこと言うんだな」

「年寄りは君でしょ。あたしより上じゃん」

「あ、知ってたのか？」

「入学式の日に自己紹介してたでしょ」

「覚えているとは思わなかったから。他人とか興味なさそうだし」

「それは、まあ、的を射てるかな」

　否定しないのか。じゃあ、俺のことを妙に気にしていたのはなんだったんだ。ちょっと気になったけど、それを俺の方から指摘するのは恥ずかしい。

　そんなやり取りがきっかけで、俺たちは会話するようになった。最初は俺の方から一方的に話しかけて、それに邦華（くにか）がポツポツと返すという感じだったのだが、やがて邦華の方からも話しかけるようになってきた。

「ねえ。先輩くん、この本読んだことある？　やっと見つけたんだよ」

　邦華が俺のことを変なあだ名で呼び始めたのもこの頃だ。

邦華は色々な本を学校に持ってきては、楽しそうに読んでいる。貴重な本が手に入ったと、俺に自慢することもあった。俺には何が貴重なのか分からないが、彼女にとって紙の本というのは宝物のような感覚らしい。電子書籍だったら十秒で手に入る作品を、わざわざ古本屋を訪ね歩いて手に入れる、ということもやっている。

そんな一風変わった女の子、それが俺にとっての大平(おおだいら)邦華の印象だ。

だから、この並行世界の再誕現象に本当に関わっているのか。未(いま)だに信じられないところもある。

しかし、俺の中に収縮された先進世界の『俺』の記憶には、邦華の姿がはっきりと映っている。それは、まるで自分が体感したことのように思い出せる。先進世界の『俺』が調査した様々な並行世界、この世界だけじゃなく、俺が陽菜乃(ひなの)先輩の率いる生徒会に入っている世界や、樹里(じゅり)が義妹(いもうと)になっている世界でも必ず登場する邦華の姿。そして先進世界を消し去ったその瞬間にも。

「先輩くん、どうしたの？　ぼうっとして」

焦点が現在の邦華に像を結び、俺は回想から帰還する。

「……悪い、ちょっと寝不足で」

「あはは。土曜日が楽しすぎた弊害かな？」

屈託のないその笑みに、邪な色は見当たらない。

「かもな」

俺も自然な笑みを取り繕う。

「あたしも、樹里ちゃんと友永朝美の話で盛り上がれて楽しかったよ。樹里ちゃんってかなりの朝美ファンだったんだね。あたしもそれなりに詳しい自信があったけど、敵わないなぁって思ったよ。また、先輩くんちに遊びに行ってもいい？」

ああ、ぜひ来てくれよ、あいつも喜ぶ。

そう喉元まで言葉が出かかった。

寸前で気づいて、唾とともにセリフを飲み下す。

……樹里、だって？

「待て待て、なんの話だ？」

咄嗟に言葉を返す。

「あ。そうだった！ ごめんごめん。先輩くんとは映画に行ったんだったね。別の人と勘違いしてた。あたしも寝不足でボケてたみたい、あはは」

邦華は可愛らしく自分の頭を小突く。天然ボケを装って。

今のは、試されていた。

俺に並行世界の記憶があるかどうか、引っかけようとしていた。

この世界の俺に、義理の妹はいない。邦華と樹里が友永朝美のオタクトークで盛り上がった事実も、この世界にはない。俺が知っていたのは先進世界の『俺』が調査をしていて、その時の記憶を収縮しているからだ。

『この』邦華がかつての俺のように並行世界を行き来しているのだとしても、先進世界の『俺』が逃げた先までは分かっていないのだろう。つまり、ここにいる俺に先進世界の『俺』が収縮されたのか、彼女は知るすべがない。だからこうして、並行世界の記憶があるかどうか試したのだ。

だったら、俺は何も知らないフリをしなければ。

邦華、お前は何をしようとしているんだ。

仮面の笑顔を被り合って談笑しながら、俺は邦華への不信感を抱き続けていた。だがそれはどこか落ち着かない、自分でも持て余すような感情だ。邦華が黒幕だとは信じたくない、俺の中にそうした思いがあることも事実だった。

2

「うわあ、ここにいる人たち全員、『私』を見に来たの？　物好きだね」

つばの広いバケットハットを目深に被った先進世界の朝美が、ライブ会場前に集った人だかりを眺めて素直な感想を漏らした。

「お前だってアイドルの自分に同期したことあるんだから、それくらい知ってるだろ？」

「でもその時は、『私』自身がアイドルだったからね。こうやって客観的に『私』のライブに来たのは初めてだもん、だから改めてすごいというか、違和感があるわけ」

なるほど、そういうものか。

今日は、『スパスト』の都内ライブの初回公演の日だ。ライブチケットは、事前にネット上で俺と先進世界の朝美(あさみ)の二人分を購入している。公演直前なので値段は足元を見られたが、背に腹は代えられない。学校が終わってから俺は真っすぐに自宅に戻り、俺の部屋に隠れ住んでいた朝美を連れて、こうしてライブ会場にやってきた。

先進世界の朝美には、出来るだけの変装を施した。

ばっさり切ったショートカットを、市販のヘアカラーを使って重ためのブラウンに染め上げた。縁の濃い伊達メガネをかけさせ、口元はマスクで覆う。頭にはバケットハットを被(かぶ)せ、衣服もゆったりとしたワンピースとフレアパンツを組み合わせて、体形をうまく隠している。

これなら、パッと見たくらいじゃ友永(ともなが)朝美だとは分からない。

「ひゃー、みてみて、私がデカデカと載ってるよ。恥ずかし」

先進世界の朝美が会場近くに停車しているツアートラックを指差している。トラックの車体には、友永朝美をはじめとする『スパスト』のメンバーの写真が掲載されていた。

「分かったから少しは落ち着け。目立つなよ」

「う、ご、ごめん。つい。なんか気まずくて、ソワソワしちゃって」

まあその気持ちは理解できなくもない。

ライブ会場に集った何台ものツアートラックやのぼりで微笑んでいる友永朝美と同じ容姿の少女が俺の隣にも居る、という違和感がどうしても拭えない。

それはきっと、この世界に「友永朝美」が二人いるという明らかな矛盾を俺が知っているからなんだろう。

「そ、それで、どうやって『私』に会いに行くの？　ライブの前？　後？」

「後にしようと思う。開演前は演者もスタッフもピリピリしてるだろうからな。警戒心も強いはずだ。だから、とりあえずは普通にライブを楽しんで、終わってから行動開始ってことにする」

「うん、了解。……そっか、『私』のライブ見れるんだ。……嬉しいような、うう、やっぱり恥ずかしい」

先進世界の朝美は、赤くなった頬を冷やすように両手で挟み込む。

「お前、『スパスト』のライブ見るのも初めてなんだな。同じ友永朝美なのに」

「さっきも言ったけど、これまでの私は『私』に同期してライブを経験してきたんだよ。観客の立場になって見るのは初なの」

常に舞台から観客を見下ろしていた友永朝美が、今日は見上げることになる。その景色は彼女の目にどのように映るのか、ちょっと気になる。

……そう言えば、邦華も、友永朝美のライブに行ったことないって言ってたな。

ふと、邦華がここは別の世界で、義妹の樹里にそう話していたのを思い出す。その時、邦華は友永朝美のグッズをたくさん持っていると語っていた。

先週の土曜日に映画館に行った時も、邦華はもう朝美主演の映画を見ていたと話していた。当てつけのように俺にストーリーのネタバレをしたくらいだからウソではなく、本当に見たのだろう。公開されたばかりの映画までチェックするとはファンの鑑だ。それなのに生でライブを見たことがないというのは、変に思える。

邦華は友永朝美をどういう風に思ってるんだ。それにもちろん、俺に対しても。

俺の中で、大平邦華という少女がまた分からなくなる。

「ねえ秀渡君、まだ開場まで時間あるなら、物販行こうよ物販」

俺と腕を組んだかと思うと、目をキラキラと輝かせて物販の列に指を差す。

「お前。完全に楽しんでるだろ」

「そりゃあ辛気臭い顔をして作戦が成功するならいくらでもするけど、そういうわけじゃないじゃん。だったらどんな時もポジティブにならないとね」

前向きなお言葉だ。こういうところは、やっぱり同じ『友永朝美』なんだよな。

「あー、はいはい分かった。こうなったらライブTシャツやら、アクリルスタンドやら、ポスターやら買ってみるか」

そうして俺たちの足が、物販の前に連なる行列に向かおうとした時。

「…………やっぱり、来てたんだ。先輩くん」

失意に塗れた声が、俺の背筋をなぞった。

俺と先進世界の朝美は同時に振り返って、声の主と相対する。制服姿の邦華がそこに立っている。その顔には、俺の作戦を看破した安堵の表情ではなく、ただ落胆するような表情をしていた。

開催を前にして少しずつ熱気が高まるライブ会場において、彼女の周囲の空気だけが冷たく、氷河期のように凍えていく。その身も心も凍り付かせるほどの冷気が、俺たちの足元にも迫っていた。

邦華は先進世界の朝美を一瞥する。

「あなたは、こっちに逃げてきてたんだね。先進世界の先輩くんはもう収縮されちゃったんだろうけど、あなたは今も存在している。ってことは、やっぱりあなたもプリズムを持っているんだね」

そして呆れたように前髪をかき上げた。

「どうして余計なことをするの？　あたしだって無闇に世界を消したいわけじゃない。この世界にはこの世界の先輩くんとの思い出があるんだから、出来ることなら残しておきたいのに……」

まるで邦華(くにか)の方こそ追い詰められていると言いたげな、悲痛な顔だった。

どうして、お前がそんなに苦しそうな顔をしているんだ。

そう問いかけたかった。彼女の真意を知りたかった。

それでも、邦華が謎の呪文を唱え出し、胸元からプリズムを出現させた瞬間、同情している暇はないと悟る。収縮された先進世界の『俺』の記憶が、あれはヤバイと警告を放つ。

このような最悪の事態に陥った時の対応を、俺たちは事前に話し合っていた。

だから、すぐに行動を始める。

戦略的撤退！

「朝美(あさみ)！　飛べるか？」

「分かってる。来て、秀渡(ひでと)君！」

朝美から伸ばされた手をすぐに取った。少しだけ汗ばんだ朝美の手をしっかりと握る。

朝美も強く握り返してきた。朝美の腕は、俺にとって並行世界を渡るための命綱だった。

生まれ故郷の世界から飛び出す直前に、邦華の声が届いた。

「どうせ、逃げられはしないのに」

先進世界の『俺』が体感したように、俺もまた、生身で次元を超越する。

微かな浮遊感。一瞬だけ、地球の重力から解放されたような感覚に陥る。事実、そうだったのだろう。

こうして時空に穿たれた穴を通り、俺たちはまた別の世界へと逃避行する。その世界にいる『俺』に、記憶のバトンを渡すために。

3

「というのが俺の失敗の経緯だ。理解したな。『俺』」

暗闇の中で、もう一人の『俺』の声がした。

金曜日の放課後という貴重な時間を、いつものように陽菜乃先輩から生徒会の仕事を押し付けられ、残業させられる社畜の気分を嫌というほど味わい（しかも今日に限って邦華はおらず）、ようやく自分の部屋に帰ってきたら、なんと国民的アイドル友永朝美のそっくりさんと、自分のドッペルゲンガーがいて驚いたのも束の間、体験したことない記憶の奔流に飲み込まれ、意識を失った。

そして、俺は俺を取り戻し、失敗した『俺』の記憶を引き継いでいた。

「俺の失敗の原因は、邦華を放置したことだ。あいつを野放しにしておくのはやっぱマズい。朝美同士を引き合わせるまでにあいつの気を逸らすとかして、何かしらの時間稼ぎをしておかないとダメだ」

なるほど。実は、その点に関しては俺に考えがあるんだ。

「なんだ？」

お前の世界ではできなかったことだが、俺の世界には頼りになる協力者がいるからな。

その名前を言う前に、俺と記憶を同期している『俺』が考えを先読みした。

「そうか、陽菜乃（ひなの）先輩だな。だけど協力してくれるか？」

あの人は頼りになる。大丈夫だ。

「分かった。この世界のことだからお前の判断に任せる。結局のところトライアンドエラーだ、やってみるしかない。だけど、そう何度も試すことはできないぞ。いくら俺たちが並行世界を移動できるとは言っても、時間の経過まではどうしようもない。『スパスト』のライブは今日を入れてあと二回。これが俺たちのチャレンジできる回数だ」

あと二回が俺たちの残機ってことだな。

「その通りだ。さて、俺もそろそろお前に完全に収縮されそうだ。先進世界の『俺』と一緒に見守っててやる。頑張ってくれよ」

並行世界の『俺』が俺の背を叩（たた）いたような気がした。それと同時に、『俺』が俺の中に溶けて消えていく。

自分会議を終えた俺は、まぶたを開く。

「だ、大丈夫？　私の知ってる、秀渡君だよね？」

変装した友永朝美が心配そうに俺を見つめている。

「ああ、そうだ。ちゃんと同期した。さっきまでの『俺』と記憶をちゃんと継続しているから安心しろ」

「よかった。それでどうする？　このまま急いでライブ会場に行けば『私』と会えるかな？」

「いや、今日はやめておこう。邦華が待ち構えているかもしれないし、何もかも準備不足だ。この世界でもライブは三日連続開催で、明日もあるからそっちに賭けるべきだ」

「それは構わないけど、だけど大平邦華をどうやって止めるの？　あの調子だと、明日も会場の近くで私たちを待ち受けてるよ、絶対に。バレないようにもっと変装した方がいいかな？」

「それよりももっと確実でいい手がある。前回の『俺』には使えなかったが、今回の俺ならそれが可能なんだ」

首を傾げる先進世界の朝美を横目に、俺はスマホを取り出して連絡する。

『おや、こんな時間にラブコールとは嬉しいじゃないか、秀渡君』

陽菜乃先輩の涼やかな声がすぐに応答した。

いつもならこういう先輩の冗談にも照れながら応じているのだが、今はそんな余裕はなかった。

「すみません先輩。マジな話なんですがいいですか？」

俺の本気が先輩に伝わるように居住まいを正してから、真剣に言い放った。スマホの向こうで先輩の沈黙が返ってくる。俺の言葉をしっかりと受け止めているのが分かった。

普段の先輩は考えが読みにくいし、俺のことをからかってくるし、色々と厄介な人だがちゃんと話せば聞いてくれる人だ。

『なるほど。真面目な話をするんだったら、ちゃんとお互いの顔が見えた方がよさそうだ。カメラをオンにしてくれないか？』

俺はビデオ通話に切り替える前に、先進世界の朝美が映り込まないようにカメラの死角に移動させた。

よし、これで先輩に見られることはないな。

「はい、切り替えましたよ。ちゃんと映ってますか？　……って、なんてカッコしてんですか、先輩！」

俺のスマホには、ベビードール姿の先輩が映っていた。スケスケの白を基調としてセクシーでありつつ、胸元や裾には黒いフリルが付いていてガーリーな印象も受けて、……、ダメだと思いつつも、じっくりと眺めてしまった。

壁際に立っている先進世界の朝美が、慌てふためく俺を不思議そうに見つめている。あいつの視界に、このスマホ画面が入っていなくてよかった。

ベビードールを着た先輩は微かに頬を染めると、唇を尖らせて不満を露わにする。

『私が寝間着に着替えた後に連絡をよこしてくる君が悪いんだぞ。ほら、さっさと要件を話してくれ。私だって、君が相手とは言え、今の格好はあまり異性に見られたくないんだ』

「わ、分かりました。じゃあ、手短に……。明日の土曜日の夕方に、以前のように生徒会の仕事をしませんか？　俺と先輩と、邦華の三人で」

『ほお。休日出勤にあれだけ文句を言っていた君が、どういう風の吹き回しかな？　もちろん、急に生徒会の一員として自覚が生まれたってわけではないんだろう？』

申し訳ないがその通りだった。

「はい。俺には別の用があるので、その仕事には参加できません。だから、先輩と邦華だけでやってもらえませんか？」

『ぷ、ははっ。明日仕事をしろと要求しながら君は来ないのかい？』先輩がベビードールの薄い生地から透けて見える腹を抱えて笑っていた。

「すみません。俺が無茶苦茶なことを言ってることは分かります。でも、明日の夕方、邦華を生徒会に引き止めて欲しいんです。俺は急病で来れなくなったとか理由を付けて、邦華と先輩の二人で仕事をしてもらえませんか？」

『君と邦華嬢は十年来の知己のように仲が良いと思っていたんだが、なぜそのようなウソをつく必要がある？　理由を聞いても？』

俺の躊躇いは、一瞬にも満たなかった。

「先輩、信じられないかもしれませんが、驚かないで聞いてください」

『ふふ。下僕の話にしっかりと耳を傾けるのも主人の仕事だ。さあ、聞かせてくれ』

「では、……並行世界って知ってますか？」

俺が語り始めた途端に、先進世界の朝美の顔色が変わる。

正直に話したところで誰が信じる？

そう言いたいのだろうが、俺は気にも留めなかった。

端折るところは端折りつつも、これまでの経緯を全て語って聞かせた。並行世界の誕生から先進世界について、収縮されたはずの並行世界が再び誕生し、今度は大平邦華がその創造主となっているらしいことを。

先輩は理想的な聞き手役だった。余計な口を挟まずに、ただ相槌だけを打つ。その表情にも大きな変化はない。時折、頷き、少し眉をひそめたり、それだけだった。

俺が全てを話し終えると、先輩はすぐに口を開いた。

『君の話の証拠となり得そうなのは、その先進世界の友永朝美なのだが、そこにいるということで間違いないな？』

俺は不安そうな顔をした先進世界の朝美に目配せをし、「大丈夫だから」と声をかけてから、スマホのインカメラを向けた。これで先輩のスマホに、先進世界の朝美の姿が映る。

『髪型に違いはあるが、確かに友永朝美だな。私とて、国民的アイドルの容姿くらいは知っている。どうやら君の話を信じるしかなさそうだ。とすると、今、この私がいる世界もただの並行世界、幻の世界ということだな』

「……そうなります」

『君たちの目的は全ての並行世界を壊して、基元世界に戻そうとすることのようだが、それはつまり、並行世界に住むこの私をも消し去ろうということだね。……ふむ、ならば私としては、並行世界を生み出した大平邦華嬢についた方が得、ということにならないか？』

意地悪く、俺に問いかける先輩。

『私を頼りにしてくれたのは嬉しいが、とんだ誤算だったね。さて、私はすぐにこのことを創造主様にお知らせしよう、そして私の愛する素晴らしいこの世界がいつまでも続くようにお願いしなければならないな』

こういう口ぶりの時の先輩を、俺はよく知っている。

「いや、先輩はそんなことしませんよ」

『なぜだね？』

俺を試して、からかって、遊んでいる時の先輩。

そういう時の先輩は、絶対に本音を口にしないのだ。

「だって先輩。俺のこと大好きじゃないですか。そんな先輩が俺の頼みを断るなんてことしないですよね？」

『……ふ、ふふ』

先輩が顔を俯けて、笑いをこらえている。

「は？」

ちなみに、目の前にいる先進世界の朝美はすごい顔をしていた。こ、怖い。

先輩はしばらくの間、唇の隙間から小さな笑声をこぼし続けた。そしてようやく顔を上げた時は、笑い疲れた表情をしていた。

『まったくこれは惚れた弱みだな。……君は、自分がどれほど残酷なことを言っていると自覚しているんだろうね？』

「それはすみません、本当に。でも、今の俺には先輩の力がどうしても必要で」

『……そんな捨てられた子犬のような顔をするな。分かってるさ』

静かにため息を一つし、先輩は俺の目を見つめて言った。

『一つだけ、約束をしてくれ。……どうか、元の世界でも、私と仲良くしてほしい』

「はい。もちろん」

即答する。断るわけがない。

こうして、俺たちは先輩の協力を取り付けることができた。

通話を終えてからしばらくして、先輩から俺と邦華に生徒会の仕事の依頼が舞い込む。

月曜日に緊急の職員会議が開催されることになり、その議事に生徒会からの要望も挙げられるとのこと、その資料を土日に取りまとめたいという作り話だ。

行きますと俺は即座に返信し、遅れて邦華からも了承のメッセージを確認。

「これで、明日は邦華を生徒会室に足止めできる」

最大の障壁はこれで取り除かれた。これで以前の『俺』のような失敗はもうない。

「本当に大丈夫なの？」

先進世界の朝美は心配そうな表情を浮かべている。

「大丈夫。先輩を信じろ。あの人なら邦華にも負けない。ちゃんとやり遂げてくれるさ」

こうして翌日を迎え、夕暮れ時にライブ会場へと向かう。『スパスト』のファンが大勢集い、昨日と同じような光景が繰り返されていた。時が進むほどに、会場前の熱気はどんどん高まっていく。

「ねえ、時間はどう？」

変装した先進世界の朝美が俺に囁く。少しでも身バレの可能性を減らすため、極限まで声量を絞っている。

俺はスマホ画面を確認する。

「あと五分ってとこだな」

時計を見てそう答えた時、ぴょこんとメッセージアプリの通知が入った。

『どこにいるの？』

邦華からだった。もちろん、アプリは開かない。

生徒会の集合時間はライブの開場と同時刻に設定してもらった。丁度今頃、邦華は生徒会室で先輩と相対しているはずだ。そして先輩から、俺が急遽欠席したと話を聞かされたことだろう。

『本当に病気なの？』『連絡して』『早く』『見てるんでしょ？』

間髪を入れずに、次々と通知が流れてくる。邦華の焦燥っぷりが目に浮かぶようだ。

「朝美、今回はライブを堪能する時間はない。会場に入ったら速攻でスタッフ用入り口に直行して、こっちのお前が控室から出てきたところを狙う。いいな？」

「うん、了解」

先輩ならうまいこと邦華を生徒会室に留めてくれるはずだ。そのわずかな時間で俺たちは、この世界の友永朝美の元へたどり着く。

改めてプランを確認し決意を固めた瞬間、周囲からどっと歓声が上がった。ついに会場入りが始まったのだ。人込みが続々と流れていく。

よし、このまま会場に入れば……。

すると、手の中でスマホのバイブレーションを感じ取った。どうせ邦華が連絡してきたのだろうと思いつつも、画面に視線を落とすと、南陽菜乃とあった。

先輩からの通話？　嫌な予感がしてすぐに応答する。

『すまない。逃がしてしまった』

先輩は開口一番に謝罪してきた。すぐに事態を理解する。

「わ、分かりました。でも学校からこの会場まではそれなりに距離があります。あいつが来る前になんとか片を付ければ」

『恐らくそのような時間はないだろう。邦華嬢は君たちを探すよりも先に、プリズムとやらを使用するはずだ。この世界はもうすぐ消される。巻き込まれる前に、君たちは急いで次の世界に移動した方がいい』

「くっ」

『……本当にすまなかった。このような事態を防ぐために、私を頼ってくれたのに』

「い、いえ、そんなことは。こちらこそ、イヤな役目を押し付けてしまって」

『私も腹を括っていたはずなんだ。仮に邦華嬢が君の思惑を察したとしても、彼女の手足を椅子に縛り付けて、生徒会室に監禁することで身動きを封じるつもりだった。プリズムとやらを使用したくてもできないようにな。そのために、ちゃんとスタンガンだって用意したんだぞ。これくらいのことはやろうと決めていた……』

　スタンガンを持った先輩に手足の自由を奪われる、か。どうしても、俺の中に収縮された嫌な記憶が顔を出してしまう。両親からの愛情に飢えて、おかしくなってしまったあの先輩。かつての統合世界での一夜の記憶が、脳裏をかすめた。

『だが、直前で私は躊躇ってしまった。出来なかったんだ』

先輩にしては珍しい、絞り出すような悔恨の声。

『邦華嬢は、君に裏切られたと知った時、泣いていたんだ』

「……え」

泣く？　数々の並行世界を消し去ったあいつが？

『あの涙は本当の涙だった。相手を愛おしく想っているのに、それが報われない悲しみ。ああ、私はそれを理解してしまったんだ。……私は柄にもなく、昔の自分を思い出して感傷に浸ってしまったんだよ。愚かなことだ』

先輩はそう自嘲する。

俺の脳裏に、涙をこぼす邦華の姿が浮かんだ。お前に泣く資格があるのか、そんな憤りよりも困惑が勝った。

なんなんだ？　あいつは何を考えて、何をしようとしているんだ？

「秀渡君！　逃げるなら急がないと！」

俺たちの通話を隣で聞いていた先進世界の朝美が、自身のプリズムを起動した。

「け、けど」

『私のことは構わず逃げてくれ、秀渡君』

先輩の温かい声が俺の背中を押す。

ここから何キロも離れている先輩が、俺の手を取って、持ち上げて、先進世界の朝美(あさみ)が伸ばした手まで運んでくれているようだった。

『一つ忠告しておこう。大平邦華(おおだいらくにか)嬢は今回の並行世界の創造主かもしれないが、私の見たところ一人のか弱い少女でもあるようだ。次の世界では対応策を練り直した方がよいだろうな。………………それと、約束、忘れないでくれよ』

それが、先輩の最後の言葉になった。

この世界も、邦華のプリズムの光が切り裂いていくのだろう。単なる可能性として収縮される前に、俺と先進世界の朝美はまたもや跳躍する。

終わりのない逃避行には慣れっこのはずだった。今更、何の喪失感も寂寥(せきりょう)感も抱かない。そう思っていたけれど、消え去る世界に置いてきてしまった先輩のことだけは、どうしても俺の心から離れなかった。

先輩、すみませんでした。

でも、これからこの俺もすぐに収縮されますから。

この後悔も、敗北感も含めて、次の『俺』に託します。

4

俺が自分の部屋に戻ると、国民的アイドルの友永朝美によく似た少女と、もう一人の『俺』が以下略。

先輩の世界にいた『俺』の記憶を収縮してから、俺は目覚める。

三度目ともなると、先進世界の朝美も落ち着いた様子で俺を見つめていた。

「同期、できたよね？」

「おう、無事だ」

言葉少なめに会話が完結する。

「はあ。今回も完璧にやられちゃったね。それでどうするの？　何かいい手は思いつきそう？」

別れ際の先輩の言葉を思い返す。

「お前も先輩の話を聞いたろ？　やり方を練り直そうと思う。そもそも、邦華を排除しようとしたのがまず失敗だったんだ。前回みたいに無理矢理予定を組んだら、邦華だってすぐに察するだろ」

「それはそうだけど。どうするつもりなの？」

「……」

「え？　偉そうなこと言ってたのにノープランだったの？」

「悪かったよ。お前も少しは知恵貸してくれ」

俺たちが揃って頭を悩ませていたところ、ノックもなしに俺の部屋のドアが開かれて、能天気な声が乱入した。

「秀にぃ～、お母さんに明日の買い物の手伝い頼まれちゃったんだけど、私、朝美ちゃんのライブに行く予定があるから代わってくれない……って、はえ？」

この義妹、思春期の兄の部屋にいきなり入ってくるとは、一体何を考えているんだ。

しかし、腹を立てても時すでに遅し。

今、樹里の眼前には、兄が年頃の美少女を部屋に連れ込み、何やら考えにふけっている光景が包み隠しようもなく広がっているのだ。

ドアノブを掴んだ状態でフリーズした樹里は、たっぷり十秒ほど経てからようやく再起動を果たす。とはいえ、せわしなく視線をあちこちに走らせたり、高熱が出たように顔を真っ赤に染めたりと、その挙動は不安定だったが。

「か、彼、女、ですか？　あ、あはは、これは失礼しました。秀にぃもなかなか隅に置けないなぁ。この前、邦華さんを連れてきたと思ったら、今度は別の女の子なんて……」

樹里はヘラヘラと作り笑いをしながら、ゆっくりとドアを閉めようとする。まるで開いた時の映像を逆再生しているようだ。だがその動きは、何かに気づいたように停止した。

「あれ、その子、どこかで見たような……」

「あはは。どもー」

樹里の追求の視線を躱すため、先進世界の朝美は俯いて顔を隠す。

流石は樹里だ。友永朝美の大ファンを自称するだけのことはある。イメチェンしている今の先進世界の朝美を見ても、自分の推しの雰囲気を感じ取ったようだ。とはいえ、目の前の少女がまさか友永朝美だという思考には至っていない。ちょっとした違和感を覚えたという程度だ。まさか兄の部屋に国民的アイドルがいるとは思っていない。

だから、樹里は違和感を解消できず、先進世界の朝美を眺めながら首を傾げている。

その時、俺の頭に一つのアイディアが浮かぶ。

「……なあ、樹里。お前、邦華と友永朝美の話で盛り上がってたよな？」

先進世界の朝美を不思議そうに見つめ続けていた樹里が、ようやく俺の方を向く。

「う、うん。たくさん話したよ」

「その時、どう感じた？　邦華は本当に友永朝美のファンだったか？　お前に話を合わせてただけってことはないのか？」

樹里はぶんぶんと頭を左右に振る。

「それは絶対ないよ。朝美ちゃんのデビューライブのことから最近の活躍っぷり、そして今後の活動予定まで完璧に知ってたもん。付け焼き刃の知識であそこまで理解しているとは思えないよ」

「だけど、邦華は朝美の生ライブを一度も見たことないって言ってなかったか？　それはファン的にどうなんだ？　気にならないのか？」

「うーん、地方に住んでてライブ会場に行くのが物理的に大変だったり、両親から趣味を理解されないから隠れて応援してたり、人によって色々と事情があるからそれは仕方ないと思うよ。……それよりも気になったと言えば……」

「なんだ？」

「うまく説明できないんだけど、……邦華さんって、朝美ちゃんについてすごく詳しいわりに、そこまで熱量を感じないっていうか。好きなことは間違いないと思うんだけど、普通のファンとは違う目線をしている感じで……ごめん、なんて言ったらいいのか分かんない」

それからしばらく樹里は自分の中で言葉を探し続けていたが、結局何も見つからなかったようだ。代わりに小さくため息を吐いて言った。

「でも、邦華さんがにわかファンってことは絶対にないね。私の持ってる朝美ちゃんグッズ全部を賭けたっていいよ」

そんなグッズに興味はないが、朝美激推しの樹里がそこまで断言するなら、きっとその通りなんだろう。

大平邦華は友永朝美のファン、これは事実のようだ。

もしかしてあいつの目的は、友永朝美に俺という悪い虫が近づかないように基元世界を消して、更に並行世界を剪定して回っているのか？　そうだとしたら、宇宙的規模の厄介ファンってことになるな。

だけどこれで、今回のプランが見えてきた。

「よし、明日の『スパスト』のライブに邦華を誘おう」

勢いよくそう宣言すると、樹里と先進世界の朝美はキョトンとした顔を晒す。

「う、うん。いいと思うよ、邦華さん喜ぶんじゃない？」

驚きつつも賛同する樹里。

「はあ？　何考えてるの、秀渡君！」

素っ頓狂な声を上げた先進世界の朝美が俺に迫ってくる。

「友は近くに敵はもっと近くに、って言うだろ？　不自然に遠ざけようとするより、こっちから誘った方があいつの警戒心を解けるし、何より」

「何より？」

「邦華も朝美の生ライブを素直に楽しみたいんじゃないか？　だから、こっちの行動に多少の不信感を持ったとしても、強引な手段を使うのにためらいが生まれる、……たぶんな。だからその隙を俺たちは突くんだ」

「……そんなうまくいくのかな？」

先進世界の朝美はまだ不安そうな顔をしている。

じゃあこれに代わる案はあるのかよ、そう返答しようとしたその時。

「ああああああああああっっ！」

突如、樹里が叫び声を上げて、人差し指を先進世界の朝美の鼻先に突きつけた。内心の動揺を表すように、人差し指の先端が小刻みに震えている。その顔からは血の気が引いて、まるで化け物でも見つけたかのような反応だった。

「あ、あなた、も、もし、かして、……ウソ、でも似てる、……友永、朝美、ちゃん？」

うまく変装しているのだが、ここまで近づけば、ガチ勢の樹里には分かってしまうものらしい。

「あわわ、どど、どういうこと？　どうして朝美ちゃんが秀にぃの部屋に、しかも、激レアショートカットって……、ああ、中性的で、超かっこいい……」

「ば、バレちゃったけど、どうするの？」と先進世界の朝美が不安そうに俺を見る。

「安心しろ。この義妹の性格はよく分かってる。任せておけ」

完全にバグってしまった義妹の頭をふん掴み、顔を俺の方に向けさせる。

「ふぎゃ！」

ちょっと力を入れ過ぎたせいで、樹里の首の根本からグキィと変な音が聞こえたが、まあまだ若いから大丈夫だろうと聞き流した。

「よく聞け、妹。彼女を見られたからには、ちゃんと事情を話してやる。だが絶対に他言無用だし、お前にもしっかり協力してもらうからな」

そして、この場を取り繕う言い訳と明日の作戦のための布石を同時に行う。

5

三度目の正直になるか。二度あることは三度あるになるのか。結果は全てこれからの行動にかかっている。

『スパスト』のライブの三日目、つまり最終日であり千秋楽。会場前に集ったファンの熱気は前二日間の比ではなかった。たぶんチケットを持ってない連中も来ているのだろう。あちこちで推しのグッズに身を包んだ輩（やから）の騒ぎ立てる声が聞こえる。

辺り一面、人、人、人。人の大洪水だ。ただでさえ梅雨の時期で蒸し暑いのに、無数の体温が交ざり合って、不快指数がとんでもないことになっている。

でもここに集まった連中は気にした様子もなく、どいつもこいつもウキウキした表情を並べていた。

「どうです、これが生の熱量ですよ！　すごいですよね？　あ、水分補給は忘れないでくださいね。あたし、スポドリ持ってるんで欲しかったら言ってください」

興奮気味の樹里が俺たちを振り返って、胸を張っている。樹里はこれまでにも何度か『スパスト』のライブに参加したことがあるため、勝手知ったるというわけだ。

「う、うわぁ。確かにすごいね、リアルは。バーチャルじゃ絶対に体験できない、人間の圧みたいなものを感じるよ」

俺の隣に立つ邦華は、迷子に怯える子供のように俺のシャツの裾を摘み、不安そうに周囲を見回している。まさに初心者丸出しだ。ちなみに、一応俺も国民的アイドル友永朝美の彼氏をやっていた記憶があるので、こういうライブの雰囲気にも覚えがある。俺たち三人の中で、邦華だけが浮いていた。

「お前、本当にライブ初めてなんだな」

俺がそう言うと、邦華はムッとして言い返す。

「そうだよ、悪い?」

「いやー、やっぱ意外だったからさ。貴重な友永朝美のグッズ持ってて、情報もたくさん仕入れているのに。生ライブは未経験って普通ないだろ」

「……色々、家庭の事情とかあるの……」

どうやらそれ以上語る気はないようだ。

「とりあえず、ライブ誘ったのは大正解だったみたいだな。湯上兄妹に感謝しろよ」

「ありがとねー、樹里さん！　大好き！」

「いえいえ、私の方こそ嬉しいですよ！　生の朝美ちゃんの凄さを、邦華さんにも知ってもらいたいです！」

「おーい、俺を無視するな」

しかし、こうして見ていると、彼女に並行世界を生み出し渡り歩き消失させる力があるようには思えない。本当に、一人の女の子だ。生まれて初めてアイドルのライブに参加することになって、興奮と不安を覚えているだけの子だ。

邦華をこの場に呼び出すのは簡単だった。

以前、ウチに来た時に邦華と樹里は連絡先を交わしていたので、樹里を通じてライブに誘ってもらった。もちろん、俺も一緒に行くことも併せて伝えた。

邦華は、最初は罠じゃないかと疑っていたようだが、当日、こうして俺もその場にやってきたことでいつもの調子に戻った。完全に疑いを解いたわけではないだろうが、「この世界には先進世界の朝美は逃げ込んでないかもしれない」という油断の種を植え付けることができたと思う。それに、俺と常に行動を共にしていた方が、俺の行動を監視しやすいと考えたはずだ。

「ささ、物販は気にせず、さっさと列に並んじゃいましょう！　ほら、秀にぃも」

「分かったから引っ張るなって」

俺は樹里の左手に、邦華は右手に掴まれて、人込みの中に連れて行かれる。

この樹里(じゅり)にもちゃんと約束を取り付けてある。準備は万全だった。

昨日、俺が樹里に告げた内容は、次のようなことだった。

「この友永朝美(ともながあさみ)によく似ている女の子は、実は、友永朝美の生き別れの姉なんだ。昔、複雑な家庭の事情があったみたいでな」

「え！　ウソぉ！」

「え！　ウソぉ！」

おい朝美、お前まで驚いてどうする。

「本当だ。そもそも友永朝美がアイドルをやっているのは、幼い頃に離れ離れになった姉を探しているからなんだ。自分が有名になれば、行方知れずの姉の方から見つけてくれるかもしれないと、そう考えたようだ」

「そ、そんな事情が！」

「このお姉さんは最近になって友永朝美が妹であることに気づいて、所属の事務所に連絡を取った。家族しか知らない情報を教えたり、友永朝美そっくりの自分の顔写真を送ったりして、姉であることを信じさせることには成功したみたいだが、結局会うことは許されなかった」

「ええ！　なんで？」

「国民的アイドルに暗い過去があると発覚したらマイナスイメージになるし、それに姉が見つかったら朝美がアイドル活動を辞めてしまうかもしれない、だから事務所はお姉さんの存在をなかったことにして、この一件を友永朝美にも伝えなかったんだ」

「な、なるほど……」

もちろん大嘘である。

こんな与太話。普通だったら信じないだろう。樹里だってそこまでバカじゃない。

しかし、友永朝美と瓜二つの少女という証拠が実在するため、この大嘘は確かな説得力を持つ。

「どうしても諦めきれなかったお姉さんは、友永朝美と接触するためにSNSを通じて朝美のファンの協力を得ようとした。そこで連絡をしたのが、邦華だったんだ。邦華は友永朝美の大ファンとして、SNSではちょっとした有名人だったらしい。そうして、俺と邦華は、このお姉さんと知り合ったんだ」

「じゃ、じゃあ、邦華さんは朝美ちゃんのお姉さんに協力を？」

「いや、逆だ。あいつは結構な厄介ファンでな。朝美がアイドルを辞めるくらいなら姉のことは知らない方がいいと思って、お姉さんからの助けを拒んだんだ。……だが、俺はこの人をなんとか友永朝美と会わせてやりたいと思った。だから、こうして部屋に呼んで色々と作戦を練っていたわけだ」

「というわけです」と先進世界の朝美が俺のウソ話に大きく頷いた。

「事情は分かったけど、結局秀にぃはどうするつもりなの？」

「あれこれ考えたんだが、事務所や邦華の妨害からお姉さんを守りながら会わせるには、明日のライブしかないと思う。そこでお前に頼みがある」

「え、私にどうしてほしいの？」

「お姉さんのことを知る邦華は、友永朝美に近づけさせないようにしてる。明日のライブも警戒してるだろう。だから、お前には邦華を見張っててほしい」

「……言いたいことは分かったけど。……でも、二人が出会っちゃったら、朝美ちゃんはアイドルを辞めちゃうかもしれないんだよね。……それは……やっぱり、その」

嫌、だろうな。

ああ、そうだ。お前も友永朝美の大ファンだもんな。そう言うと思っていた。だからそれに対する言葉もちゃんと考えている。

自分でもズルいと思うが、手段を選んでいられないんだ。

「けどさ、樹里。バラバラだった家族が再会すること以上に大切なことってあるか？」

「――――っ！」

俺のこの一言は、樹里の心を深く穿ち、抉る。

その証拠に、今、樹里の双眸は大きく見開かれ、涙を湛え始める。

俺の義妹となったこの世界の湯上樹里は、以前は宮沢樹里という名前だった。

彼女の両親、俺にとって伯父夫妻にあたる人たちは交通事故で死亡し、天涯孤独となった樹里は我が家に引き取られた。

今となってはすっかり湯上家に馴染んだ樹里だが、かつてはものすごく荒れていて、俺も苦労させられた。両親を失った彼女の心の傷は塞がっているけれど、完治したわけじゃないし、することもきっとないだろう。

家族がバラバラになる辛さを、樹里はよく知っている。そして、もし再会できるとしたら、誰よりもそれを望むはずだ。

「……そっか。そうだったんだね」

良心が痛む。自分の嘘で、大切な義妹にこんな顔をさせている。

「うん、分かった！　推しの幸せこそが私の幸せ！　この湯上樹里、秀にぃとお姉さんに協力するよ！」

そう言って胸を叩いた樹里の眩しい笑顔を、直視できなかった。

俺は悪人だ。でも、これしか方法がないのなら、受け入れよう。開き直ろう。もう、先輩だって巻き込んでしまったんだから。今更善人ぶったって仕方がない。

これが、俺の選択だ。

「ほら、秀にぃ。ちゃんと持っててね！」

現在の樹里が俺の手にサイリウムを押し付けた。

「はい、邦華さんもどうぞ」

今、俺たちはライブ会場の内部にいる。眼下には十字型のステージとそれを取り囲むファンの群れが広がっている。さっきまで会場外に広がっていた客と熱気が、この中にすっかり納まっていた。むしろ密度が高まったことで、より興奮と熱気が凝縮されているような、そんな感覚さえあった。

「な、なんか、緊張してきたね。別にあたしが舞台に立つわけじゃないのに、変なの」

そう言った邦華が取り出したハンカチで額の汗を拭っている。

「あはは。それでいいんですよ、私だって毎回、なぜか緊張しちゃってますから。今の私、手汗ヤバいですよ」

樹里が笑った時、会場内の照明が落ちた。会場に設けられたディスプレイが灯り、オープニング映像を流し始める。それに呼応し、あちこちから歓声や口笛が爆発のように放たれ、その衝撃は会場を内側から破裂させるかと思うほどだった。

ライブの幕が上がる。

オープニング曲のイントロが天井のスピーカーから雨粒のように降り注ぐと、まるで示し合わせたかのようにサイリウムが芽吹き、風もないのに揺れ始める。

そして、最初の歌声が、電子に乗って会場に届けられる。その声はまるで粒のように際立ちながら、波のように拡散していく。

樹里を含めて大勢のファンが叫んでいた。届かないと分かっていても、呼びかけずにはいられなかったのだろう。

「きゃあああああ、朝美(あさみ)ちゃぁああああんん！」

この世界における友永(ともなが)朝美。国民的アイドルとしての彼女が、ステージの上に舞い降りていた。会場のどんな飾り付けよりも煌(きら)びやかなステージ衣装に身を包み、この空間を支配していた。

朝美のライブの光景なんてこれまでに何度も見たはずなのに、俺もしばらく目を奪われる。ようやく我に返り、ふと邦華の方を盗み見た。

「…………」

邦華は呆(ほう)けたように立っていた。

右手にサイリウムを握り締めたまま、それを持ち上げることもない。まるで銅像のようにその場に突っ立っていて、だけどその視線は間違いなくステージ上の友永朝美を追っている。その一挙手一投足を見逃すまいと、目と脳に焼き付けようとしている。

やっぱり、こいつはアイドル友永朝美のファンなんだ。

俺はこっそりとスマホを取り出すと、アプリを開いて妹のアカウントにメッセージを送

る。

『予定通り動くぞ』

アカウント名は樹里となっているが、今、そのスマホを持っているのは樹里じゃない。ここから少し離れた場所で様子を窺っている、この世界に存在するもう一人の友永朝美だ。

『うん。了解』

シンプルな返事が返ってきた。

俺は視線をステージに戻し、再びこの熱狂の渦に身を預けた。

一曲目が終わり、会場が盛大な拍手で包まれる。センターの友永朝美がグループを代表して前に出て、「皆、来てくれてありがとうー！　今日は最終日、最後まで全力で駆け抜けるから、ついてきてね！」と叫ぶと、歓声が唸りを上げた。

二曲目、三曲目と続くほどにライブは盛り上がりを増していく。観客の熱気は限界を超えて燃え上がり、それを受けた『スパスト』のメンバーも負けじと燦々とした輝きを放つ。

曲の合間のトークや個々のソロ曲のパートになっても、勢いは留まることを知らない。ついにラストの曲が流れても、さらにこれまで以上の歓声が沸き上がる。樹里の声なんてとっくにガラガラなのに、それでも叫んでいた。

誰もが熱に浮かされる中で、邦華はやっぱり固まっている。ライブが始まってから二時間近く、彼女はほとんど動いておらず、視線でステージ上の朝美を追うばかりだった。

「さあ、いっくよおおおお！」

ラスト曲の間奏が流れるタイミングで、センターの友永朝美(ともながあさみ)が右手を突き上げて観客を煽(あお)った。それに応えて、会場全体が最後に一番の盛り上がりを見せる。

ライブ会場という閉ざされた空間に巻き起こった爆発的な熱狂は、まるで人類がまだ手にしてない熱核融合のような膨大なエネルギーとなっていた。太陽のように熱く眩(まぶ)しい。その中にいる俺も身が焦がれそうだった。

しかし、太陽にも終わりの時は訪れる。

それと同じように、最後の一滴までエネルギーを放出し尽くしたライブも終幕を迎えた。頭上から降り注ぐ、忘れ物を注意するアナウンスが、会場にいる全員を現実へと引き戻す。夢から覚めた観客たちは満足感と僅かな寂しさを抱えながら、各々(それぞれ)帰り支度を始めている。

「けほっ、あ、あー、どうしよ、私、声ガラガラかも。……って、く、邦華(くにか)さん？」

絶叫し過ぎて老婆のようなしわがれた声になった樹里(じゅり)が、邦華の異変に気付く。

「……っ……………」

邦華は声を殺して、泣いていた。

さっきまで呆然(ぼうぜん)とした表情でステージを眺めていた邦華が、はらはらと涙を流している。ライブが始まってからずっと抑え込んでいた感情が、堰(せき)を切ったかのように。

「あ、あわわ、大丈夫ですか？　これ、ハンカチです、使ってください。あ、ちょっと私の汗が染みこんじゃってて、アレなんですけど」

邦華は樹里が差し出したハンカチをひったくり、顔を覆う。それでも涙は止まらないようだった。

ファンの中には生ライブを初体験した感激で泣き出す者も少なくない。実際、この会場の中にもチラホラいる。

だが俺の目には、邦華がただ感極まっているようには、どうしても思えなかった。この涙はそんな純粋な感情だけじゃない。そんな綺麗な涙じゃない。もっと複雑でドロドロしている。絶望とか諦めとか悲観とか、そうした不純物が混ざっている。なぜか俺には、今の邦華が抱える感情がなんとなく理解できてしまう。

憧れと敗北感。その感情が交錯する感覚を俺も知っている。友永朝美の幼なじみだった俺の記憶が、今の邦華から溢れ出る感情の発露を理解させてくれた。

だけど、今の俺には邦華に同情している暇はない。

震える邦華の背中をさする樹里と視線を交わし、頷き合う。

俺は未だに泣き止まない邦華を見据えつつ、ゆっくりとその場を後にする。邦華に気づかれないよう、さりげなく。

この状態の邦華を置き去りにすることに罪悪感がチクリと胸を刺したが、今を逃せばもうチャンスはない。

そうして俺はゾロゾロと会場を出ていく人の流れに紛れた。

「どう、彼女は大丈夫そう?」

俺の傍に寄ってきた先進世界の朝美が囁く。

「ああ、とりあえずはな。彼女が気づく前に終わらせよう。ほら、こっちだ」

俺たちは出口に殺到する人の群れから外れて、横道に逸れる。かつて並行世界でこの会場には何度も足を運んだし、控室までの道のりもバッチリ頭に入っている。それにこの時間帯は多くのスタッフが観客の退場の誘導に狩り出されているので警備も手薄だ。人の気配のない通路を走る。

「ちょ、ちょっと、君たち、ストップストップ。ダメだよ、こんなところに来ちゃ。ここから先は関係者以外立ち入り禁止だからね」

スムーズに進めるかと期待したところで、目の前に現れた警備員に止められる。まあ、そりゃそうだ。俺だって何の障害もなく控室にたどり着けるとは思っていなかった。先進世界の朝美に目配せをすると、彼女は帽子とメガネを取って素顔を露にした。

「ごめんなさい、朝美です。お手洗いに行こうとして迷ってたところを、丁度ライブに招待していた従兄にここまで案内してもらったんです。彼にお礼がしたいので、申し訳ないんですけど、ここを通してもらえませんか?」

そうしてウィンクを一つ投げかける。

「ええ！　ほ、本物？」

目を丸くしてその場に立ち尽くした警備員の脇を、俺たちはそそくさと通り抜ける。我に返った警備員が朝美のマネージャーさんに確認を取る前に、その場から急いで離れた。

「……お前、アイドルの真似上手くなったな」

「ほっといて！」

せっかく褒めてやったのに、真っ赤な顔で怒られた。

「おっと。ここから先はスタッフ用通路だからな、アイドルの友永朝美らしく、もっと堂々と愛想振りまいてけよ」

俺の言葉通り、友永朝美の控室に続く通路にはライブを裏方で支えたスタッフの姿がちらほらしている。誰もが無事にライブが終わったことに安堵しつつ、撤収の準備を進めているようだ。

「こほん。あ、スタッフさん、お疲れ様でーす。三日間ありがとうございました！」

先進世界の朝美は咳ばらいを一つしてから、アイドルの笑顔を作り上げる。

彼女の一声に、スタッフの視線が一斉に集まる。

「朝美ちゃん、お疲れ様です！」「うわー、やっぱ近くで見ると可愛いな」「あれ、さっき控室に入って行かなかったっけ？」「そもそも衣装変わってない？　あんな恰好してないよね」

疑問の声はありつつも、素顔だけなら完全に友永朝美なので呼び止められることはなく、そのまま通路を素通りできた。突然の朝美の登場というサプライズのためか、俺という完全な部外者の存在もスルーされている。

そのまま、俺たちは駆け抜ける。

『スパスト』のセンター、友永朝美が待つ控室がすぐ目の前に迫る。俺のかつての記憶の通りの場所にあった。

この先に、朝美がいる。

俺の幼なじみで、国民的アイドルやってる女の子。俺にとって身近なのに、あまりにも眩し過ぎて遠い、太陽のような存在。

そして、俺が無謀にも告白した相手。

そのことを思い出し、控室の扉に伸びた手が止まる。

「……秀渡君？　どうしたの？　早く行かないと」

先進世界の朝美が急かす。

ああ、そうか。俺、これから告白の返事を聞くかもしれないんだ。

『ずっと好きだった。俺と付き合ってほしい』

あんなテンプレ告白をした後、一体どうなったのか。基元世界の記憶を取り戻したら、俺は告白の結果まで知ってしまう。

もし、この扉を開かずに背を向けたなら、告白の返事は確定されないままになるのだろうか？　箱の中の猫のように。

一瞬、そんな迷いを覚えた。

でもすぐに振り払う。

どんな結果だとしても、それが俺の選択なら、ちゃんと受け入れる。そう決めたんじゃないか。俺が、『俺』たちが。

俺は、友永朝美の待つ控室の扉を開く。

「あ、マネージャーさん、お疲、れ、さ……ま？」

こちらを振り向いた友永朝美は、ステージから去る直前の衣装のままだった。フリルのついたガーリーな舞台衣装。トレードマークのゆるふわセミロングの髪は、あれだけアクロバティックなダンスを披露した後だというのに綺麗にまとまっている。

「……」

「……」

二人の友永朝美が見つめ合う時間は、一瞬のようにも、永遠のようにも感じられた。

「…………え、う、そ……わ、私？　あ、あはは、すごい、私そっくり」

こちらの世界の朝美が紅の瞳を大きく見開いて、驚きを露にする。だけどそれは、ドッキリ番組の類だと理解して作り上げられた、偽りの表情だった。

「ようやく会えたね、『私』」

先進世界の朝美は、自分がテレビの企画なんかで作られた偽物ではないと証明するため、正真正銘の友永朝美の声を聴かせる。

「え、わ、私？　これは、どういう、こと？」

ウソ偽りのない自分の声を耳にしたことで、ドッキリと信じ込んで被っていた驚きの表情の仮面が外れ、その下から正真正銘の驚愕が露わになる。これが現実に起きている出来事なのだと、ようやく理解していた。

「朝美。俺のこと、覚えてるか？」

「……君、は……」

今度は俺の方を向く朝美。

小さな顔の中の大粒の瞳が俺を映す。

「し、知らない」

怯えた様子の朝美。悪いとは思ったが、やや強引に彼女の手を取った。

俺たちの視線と手が重なり合う。もう消えてしまった世界で、俺たちが記憶を取り戻した時と同じ状況を作り上げる。

「……な、なに、これ？　こんな過去、私には、ない、のに？」

朝美は俺の手を振り払って、頭を抱え込んだ。今、彼女の中で知らない思い出が展開されている。収縮されていた可能性が顔を出し始めている。

混乱する朝美に、先進世界の朝美が一歩近づいて手を差し伸べた。

「そうだよ、『私』。あなたは彼を知っているはず。知らなきゃダメなの。あなたは悪くない、この世界が間違っているだけ。……でも、大丈夫。私が、全部、壊してあげるから」

朝美はしばらく、自分の手と皺の形まで同じの先進世界の朝美の手を見つめていた。

やがて、誰かに導かれるように、あるいはこうなることを以前から知っていたように、自然な動きでその手を重ねた。

一つの世界に、二つの同一存在。あり得ないパラドクス。本来であれば一方に収縮されるはずの存在が、その引力を振り払って、固有の存在となっている。出会ってはならない二人が出会ってしまった。互いが互いに収縮されることなく、観測し合う。視覚で、触覚で、嗅覚で。互いの存在を認知し合う。それは宇宙法則の崩壊。存在の循環参照。世界のバグ。

この致命的なエラーを、多元宇宙は処理し切れない。

そして、パソコンがフリーズするかのように、世界は止まる。この世界だけではなく、その他多くの並行世界も道連れにして。

その瞬間の出来事は、俺の目には時空が裂けていくように映った。それが実際に起きたことなのかは分からない。ただ俺がそういう風に認識したってだけのことだ。

まず、空間に亀裂が入った。ピキピキと、蜘蛛の巣のように広がっていく。破れたガラスのような細かい破片がポロポロと落ちていた。

空間の亀裂はどんどん広がっていく。天井から床まで、左の壁から右の壁まで届いている。

人間のちっぽけな知覚ではこれしか感じ取れないだけで、もしかしたら空間の亀裂は宇宙の端から端まで到達し、素粒子すらも分断しているのかもしれない。

亀裂が時空の許容値を超えたのか、ついに空間が一斉に破裂する。それは、まるで卵が孵る瞬間を内側から眺めているかのようだった。

俺たちを取り巻いていた時空が粉々になって、剥がれて、崩れていく。この世界も、隣の世界も、そのまた隣の世界も。

邦華の手で作られ、剪定されていたいくつもの並行世界は、ドミノ倒しのようにあっけなく、次から次へと崩壊していく。

何もかもが崩れ去った後で残るのは、たった一つの、確定された世界。最初から存在していた、根幹の世界。揺るがない、本来の世界。

基元世界が現出する。

――――こうして、多元宇宙は破られた。

第三章　世界消失

1

「ずっと好きだった。俺と付き合ってほしい」

精一杯、虚勢を張りながら放った言葉。固めた拳は微かに震えている。笑い出しそうになる膝を気力で押さえつけている。そんな風に格好の悪い姿を晒しながら、俺はそこに立っていた。

「――――」

朝美の頬が赤くなっているのは、西側から照り付ける夕焼けのせいでも、冷たい秋風のせいでもないと思いたい。

夕日を帯びて紅に色づいた朝美の瞳は、真っすぐに俺を見つめ返している。きゅっと一文字に結ばれた彼女の唇は、真剣さの表れだ。俺の言葉をしっかりと受け止めてくれているのが分かった。

「…………ありがとう。…………でも、ごめん」

感謝と、そしてすぐに謝罪があった。

うん、それでいい。宣告を後回しにされるより、こうして早いうちに教えてくれた方がありがたい。

朝美の誠実さが嬉しい。俺の言葉をちゃんと受け取って、考えたうえで、自分の本心を打ち明けてくれたんだ。

「今の私はアイドルだから。私の心は応援してくれる皆のためのものだから、湯上だけにあげることはできない。……だから、湯上と付き合うことはできない」

キッパリと言い切ったその表情も真剣だった。

双眼は力強く俺を見据え、唇には笑みの欠片もない。アイドルとしても幼なじみとしても、これまでに見せたことのない真剣な表情だ。万が一にも俺が期待を持つことがないように、あいまいな態度は決して見せず取り繕うこともせず、その気がないことを全身で示していた。

そう、俺はフラれたのだ。

それなのに、澄み切った青空のような清々しい気持ちだった。

「……ああ、ちゃんと返事をしてくれてありがとう」

だから俺も、彼女の誠実さに応える。

寂しくないと言えばウソになるが、こうして馬鹿正直なところが朝美の良いところだ。

「いきなり変なことを言って悪かった。……お前のこと、ファンの一人としてこれからも応援してる。頑張ってくれ」

これは強がりではなく俺の本音だった。

それが伝わったのか、朝美はようやくとびっきりの笑顔を見せてくれた。

「うん。ありがとう！　これからも応援よろしくね！」

その笑顔はアイドルとしての表情なのか、それとも幼なじみの表情なのか。

どちらだとしても、今の俺には満足だった。

2

朝起きて、勢いよくカーテンを開けた直後のような目の眩み（くら）を覚えた。世界が真っ白に包まれたような感覚。だがそれはすぐに晴れて、世界は無数の色を取り戻す。さっきまで俺がいた、友永（ともなが）朝美の控室の光景が広がっていた。

蘇（よみがえ）った記憶が、俺の脳内を一瞬で駆け巡った。

これが、これこそが、俺がずっと探していた基元（きげん）世界の記憶だ。

もちろん、こういう結果だろうということは最初から予想が出来ていた。後悔はない。まるで二度もフラれたような気分ではあるけれど、ようやく取り戻したという安心感があった。好きな相手に告白して玉砕したという、他人から見たら残念な過去だって俺が下した選択の結果なんだ。誰にも奪わせない。もう離さない。

「あ、あれ？　……今、なんか、目の前がピカって光ったような……。今のなんだったの？　白昼夢？　あーよかった、それにしても変な夢だったなぁ」

アイドルの衣装を着た友永朝美が、閉ざしていた瞳を恐る恐る開くと、控室の中を見回した。

「って、やっぱり、ドッペルゲンガーいるし！　夢じゃないじゃん！」

俺の隣で、同じように目を開いたばかりの先進世界の朝美を指差す。

一方、先進世界の朝美は、慌てふためているもう一人の朝美を無視したまま、感慨深げに周囲を見ている。

「私が基元世界の中でも存在できるのは、やっぱりプリズムのお陰かな？　あらゆる時空干渉を受けないっていうのは本当だったんだね。……そうか、ここが基元世界なんだ。なんか新鮮かも」

俺も今更ながら辺りを確認する。

先ほど突入した、アイドル友永朝美の控室である。細部で異なる部分もあるが、大きな違いはなかった。

「たぶん、収縮されていた基元世界が復活する際に、並行世界で起きていたいくつかの出来事が継ぎ接ぎされたんだよ。私たちが控室に突入したって事実が、基元世界の中にも組み込まれているみたい」

先進世界の朝美の説明のお陰でなんとなく状況を理解する。

ついさっきまで基元世界は収縮されていたが、二人の朝美が出会って全ての並行世界が崩壊して復活した。基元世界が収縮されていた間の出来事は、並行世界の出来事を組み合わせることで、筋が通るように帳尻合わせがされた、ということのようだ。

さて、次に確認することは、と。

「なあ、朝美。俺のこと覚えてるか？」

「湯上(ゆがみ)でしょ！　小さい頃からの幼なじみを忘れるわけないじゃん。……そ、それに、この前のこともあったし……」

基元世界の朝美は唐突に顔を赤らめて視線を落とす。

どうやら例の告白のことも思い出してくれたみたいだ。

そういえばあの日以降、こうして顔を合わせるのはこれが初めてかもしれない。別に気まずかったというわけではなく、単に朝美が忙しすぎて会う機会がなかっただけだが。

「そうそう、お前がフッた幼なじみの湯上秀渡(ひでと)だ。覚えててくれてよかったよ」

「もしかして根に持ってる⁉」

基元世界の朝美がツッコんだ。

「まあ、そりゃあ根に持つよね。秀渡君、あんなに頑張ったのに報われないんだもん」

先進世界の朝美がこれ見よがしに呟(つぶや)くと、それを聞きつけた基元世界の朝美がキッと睨(にら)

んだ。

「あ、あなた、さっきからなんなの？　私の物真似芸人……、なわけがないのは分かるけど」

「私も友永朝美だよ。ただ、あなたのいる世界とは別の場所、いわゆる並行世界で生まれた友永朝美なの。あなたにすごくよく似ていて、だけど全然別の存在。……分かる？」

向き合う二人。髪型や服装は全然違うが、顔貌はまさに鏡映しだ。

「……並行世界って、ゲームやマンガに出てくる、パラレルワールドとか世界線とかそういうアレ？」

「アレだ」と俺は頷く。

基元世界の朝美は間違い探しをする子供のような目つきで、もう一人の自分を頭のてっぺんからつま先まで眺め回す。

沈黙が長々と続き、やがて観念したようにため息を吐いた。

「信じらんない話だけど、こんなに私そっくりな美少女を見たら、信じるしかないじゃん。……お、こうして見ると、ショートの私も結構いいね。今までの友永朝美のイメージからはちょっと外れるけど、マネージャーさんからオッケーが出たらイメチェンしてみてもいいかも。あ、この服も可愛いなぁ」

流石、朝美。この状況にすぐに順応して、先進世界の朝美の容姿を物珍しそうに観察している。

「じ、ジロジロ見ないでよ！」

「いいじゃん、同じ私なんだし。ふむふむ。本当に私そっくりだね。どこか違うところはないのかな？　どれどれ」

基元世界の朝美がそう言うと、勝手に後ろ髪を触ったり、前髪を弄ったりして遊び始めた。等身大の自分の着せ替え人形扱いである。実際、自分の姿を客観的に見られるのは、アイドル的にありがたい機会なのかもしれない。流石に胸元まで手が伸びたのはやり過ぎだと思うが。

色々なハラスメントが生まれる現代社会だが、並行世界の自分からのハラスメントを受けたのは、友永朝美が最初だろう。

「い、いい加減にして！」

先進世界の朝美は顔を真っ赤にしつつ、基元世界の朝美の手を払いのけた。

「むぅ」と右の頬を膨らませる基元世界の朝美。「だから、同じ自分なんだから気にすることないのに。……あ。もしかして、湯上に見られているのが恥ずかしいとか？　へー、なるほどね」

何かを察したような笑みを浮かべて、俺をチラリと見た。

「ひ、秀渡君がここにいることと、何の関係があるの？」

「え、言ってもいいの？」と基元世界の朝美は挑発的に言った。

先進世界の朝美は一瞬たじろいたが、すぐに言い返す。

「……だったら、私も言わせてもらうけど、あなたはなんで秀渡君をフッたの？」

先進世界の朝美の追及を、基元世界の朝美は涼しい顔をして受け流す。

「その答えは単純、私がアイドルだから。ファンの皆の理想を裏切れないし、それに仕事も忙しくて特定の誰かと恋愛をする余裕もなかったから。別に湯上が悪いってわけじゃなくて、これは私自身の問題なの」

自分がフラれた理由をしっかり解説されてちょっと泣きそう。

基元世界の朝美の回答を、先進世界の朝美が鼻で笑った。

「それはウソだよ。本当のあなたは、……っていうか『私』は、アイドルも自分の恋愛も両方を手に入れようとする欲張りのはず。それをしなかったってことは、あの時のあなたは怯えていたのかな？　それとも自分の気持ちに気づかないフリをしていたの？」

今度は基元世界の朝美が驚いて、頬を染める番だった。

「何言ってんの！」

「だって、私は知ってるから。あなたがアイドルを続けながら、秀渡君と付き合っていた世界を。……他にも、アイドルを引退して、普通の女の子として秀渡君の彼女になった世界もあったね。あれが、あなたの望んでいた世界なんじゃないの？」

「わ、私が、そんなことを？」

基元世界の朝美の顔がみるみる赤くなっていき、沸騰したやかんのように湯気まで立て始める。しかし、すぐに頭を振って否定する。

「…………は、はあ？　なにそれ。そんなの、他の世界の『私』のことでしょ？　ここにいる私とは全然関係のない赤の他人で……」

「もちろん、完全な同一人物ではないけど、可能性のうちの一つであることは間違いないよ。だから、彼女たちのような思考や想いは、あなたにも少なからずあったはず。一度も頭に過ったことがない、なんて言わせないから」

な、なんか、先進世界の朝美の語気が強いな。さっきからかわれたことで相当頭にきたのだろうか。自分と同じ容姿、同一の存在だから、余計に言葉に遠慮がなく、当たりが強くなっている気がする。こういうのも同族嫌悪って言うんだろうか？

急に攻守交替となり、今度は基元世界の朝美がタジタジになる。

一瞬、俺と目を合わせ、そして気まずそうに逸らした。

「だ、だだ、だって、ゆ、湯上は、その、幼なじみで、別に嫌いってわけじゃないけど、そういう関係になるって考えたこともなかったし……」

「ふーん。アイドルだけあって、ウソをつくのが上手いんだね。周りだけじゃなくて、自分の気持ちまで誤魔化しちゃうんだから」

「誤魔化してなんかない！　あなたが湯上のことが好きだから、私にも同じ気持ちがある

って思い込んでいるだけでしょ！」

「そこまで言うなら試してみようか？　あなたにも同じ気持ちがないのかどうか」

先進世界の朝美がそう言うと、今度は俺に向いて歩みを寄せてきた。

「お、おい、朝美？」

つま先が触れ合うくらいの距離感まで近づいてきた。ショートカットの頭が俺のすぐ真下にあって、俺をまっすぐに見つめていた。

……え、あ、これは、まさか。

先進世界の朝美が少しだけ背伸びをする。朝美の顔が、俺の顔との間の距離を埋めるようにゆっくりと持ち上がっていく。潤んだ瞳と、緊張で赤く染まった頬、桜色の唇が俺の視界の中でどんどん大きくなっていた。

「ま、まて、朝美、こ、これは」

「前にしたことあるでしょ。今更ビビらないでよ」

すぐ目の前に迫った朝美が恥ずかしそうに囁く。その唇から漏れた言葉と温かい吐息が、俺の唇に吹きかかった。

鼻腔をくすぐる甘い香りに、頭がくらくらする。

「ストォオオオオップ！」

基元世界の朝美が叫びながら、俺たちの間に割り込んだ。

「ちょ、ちょっと、何見せつけようとしてくれちゃってんの二人とも！」

……ヤベ、一瞬、俺もその気になっていた。

熟れ過ぎたトマトのような顔をした基元世界の朝美に、先進世界の朝美は勝ち誇る。

「ほら、やっぱり。自分以外の人が秀渡君とキスするのが嫌だったんでしょ？　あなたにも、並行世界の『あなた』と同じ気持ちがあるって認めなよ。素直になりなって！」

「そ、そういうんじゃなくて！　湯上のことはなんとも思ってないけど、私とそっくりな姿をした人のキスシーンを見るのが気持ち悪かっただけ！　大体、友永朝美はあなた一人のものじゃないんだから、勝手なことしないでよ！　友永朝美の独占禁止法違反だよ！」

「まだそんなこと言ってんの、このガンコ！」

互いにぎゃあぎゃあ騒ぎはじめ、キャットファイトの様相を見せていた。自分同士だから本当に遠慮なく手が出るかもしれない。

ここは俺がおどけて仲裁に入るしかないのだろうか。

「もうやめとけって、自分同士の争いは醜いものだぞ」

すると、四つの大粒の瞳が一秒の誤差もなく揃って俺を睨んだ。

「湯上は（秀渡君は）、黙ってて！」

息ピッタリじゃねえか。

しかしダブル朝美から言い返されたからって、黙っているわけにもいかない。

「だから落ち着けってお前ら。あさ……えーと、先進世界の方。俺を気にかけてくれるのは嬉しいけど、俺はフラれたことを受け入れてるんだよ。基元世界の朝美がアイドルの立場を優先するのは当然だ。俺は朝美の選択を尊重してる」

「……秀渡君」

「……湯上」

二人の朝美がそれぞれの呼び方をして俺を見る。

「お互いに仲直りしてくれ、な？」

姉妹喧嘩した双子の娘を仲裁する父親のような気分だ。

そうして二人はまた向き合う。

「感情的になっちゃったみたい、ごめん」と先進世界の朝美が先に謝る。

「いや、私の方こそ……」

基元世界の朝美がそう言って頭を下げた後、今度は俺の方にバツが悪そうに向き直った。

「……その、改めて、湯上の気持ちに応えられなくて、ごめんね。私にとっての湯上は単なる友達以上の相手だと思ってるし、告白が嬉しかったのは本当。だけど、やっぱり今はアイドルとして忙しすぎるから、私自身の湯上への気持ちを見つめ直す余裕もなくて……その、だから、」

「分かってるよ。お前、昔からアイドルの夢に向かって一直線だったもんな。それ以外のことなんて、お前の眼中にないんだろ？　俺の方こそ余計なこと言って悪かった」

「余計なことなんて、そんなことは全然……」

最後の方は消え入りそうな声だったのでよく聞き取れなかった。

だがこの反応を見る限り、まだチャンスはあると思っていいのか？　……うん、今はそう思っておこう。

とりあえず全てが丸く収まったと安堵した時、控室の扉が静かに開く音がした。俺たち三人の視線が集まる。基元世界の朝美が「ヤバ！」と声を発して、「すみません、マネージャーさん！　この子は、その、私の親戚の子で……」

先進世界の朝美の存在を誤魔化そうとした言い訳が、途中で止まる。

控室にやってきたのはマネージャーさんでも、ライブスタッフの関係者でもなかった。振り乱した濃紺色のショートカット、前髪の合間から見える額には汗の玉がいくつも浮いている。ライブ会場からこの控室まで全力で走ってきたことが窺えた。

大平邦華は下唇を噛みしめて、まるでこの世の不幸を一人で背負っているような沈鬱な表情をしている。俺たちを一瞥した目に、心からの絶望が浮かんだ。

「……どうして邪魔をするの？　あたしは、ただ皆を幸せにしたいだけなのに……」

その声は、極寒を耐えるかのように震えている。俺たちに対する怒りは感じられない。ただ、世界の全てに失望しているようだった。

だが、怒りを覚えていないのは俺も同じだった。彼女が今回の事件の元凶だったとしても、それを責める気にはどうしてもなれない。憤りよりも疑問があって、そして出来ることなら、彼女を救ってやりたい。理屈ではなく、そんな気持ちが沸き上がっていた。自分でも不思議な感情だった。

なぜだ？

俺にとっての邦華は、クラスメイト以上の関係性ではないのに、どうしてこんなにもこいつのことが気になるんだ？

「なあ邦華。これで並行世界は壊れた。基元世界に戻ったんだ。全部元通りだ。なあ教えてくれ、お前は何がしたかったんだ？」

「あたしのことなんて、分かるわけない。誰も知らない、誰も理解できない」

まるで子供の駄々だ。

だけど、そんな彼女に差し伸べられた手は、俺の手だけではなかった。

「でもさ、まずは話してみないと何も伝わらないよ。どうしてあなたはそんなに辛そうな顔をしているの？」

基元世界の朝美がこの突然の来訪者を受け入れたばかりか、その心に歩み寄ろうとしている。

邦華は一瞬面を食らったようだ。彼女にとって憧れの、アイドルの友永朝美からの言葉に心が揺らいでいるのかもしれない。だがすぐに敵意を瞳に宿す。

「……『こっち』のあなたは何も知らないくせに」

朝美（あさみ）は向けられた敵意に動じず、むしろ受け止めるような柔和な微笑（ほほえ）みを浮かべた。

「まあ確かに並行世界がどうのとか、ついさっき湯上（ゆがみ）と『私』から教えてもらったばかりだもんね。……正直、事情はよく分からないけど、あなたが苦しそうにしているのは見れば分かるよ。……握手会にも、たまにそういうお客さん来るんだよね。色々な事情を抱えてて、世の中の何もかもが嫌になっちゃってる人。私はカウンセリングなんかできないから、ただ笑顔で迎えて握手するだけだけど」

「そうだよ。アイドルなんかに、何ができるの？」

邦華（くにか）が絞り出したその皮肉に、朝美が苦笑する。

「あはは、そうだね、いつだって私はファンの人たちから応援される立場だよ。でも、私だって誰かを応援してあげたい。握手会やライブに来た人たちが、例え辛い現実から目を背けるためにやって来ているんだとしても、皆（みんな）が現実と戦える力を少しでも分けてあげたい。いつもそう思いながら、皆の前に立っているよ。だから、あなたが何かを抱えているなら、私が力になるよ」

朝美のこの姿が、全国中継されていないのが本当に勿体（もったい）ないと思った。

今の朝美は、まさに遍（あまね）く生命に恵みを与える太陽だ。自らの生命力を燃やしながらも、この冷たい宇宙に温かみをもたらしている。これこそが、『スーパーストリングス』のセンター、国民的アイドルの友永朝美だ。

その光に照らし出された邦華はしばらく呆けていたが、やがて諦めたように微笑んだ。

「……本当に変わらないんだね、あなたは。いつだって優しくて、眩しくて、強くて、可愛くて、カッコよくて、皆の憧れで……」

まるで朝美と昔から知り合いだったかのように、親しげに語り掛けて。

「だから、あたしはこんなにも傷つくんだ」

吐き捨てた一言は、朝美とはあまりに対照的に冷たかった。

「音声認証。『世界拡散コード・９５２７０９』」

動くのが遅すぎた。

朝美の説得が功を奏するのだと楽観視していた。邦華は友永朝美のファンだから。それは間違いないと思っていたから。

でも、見込み違いだった。朝美の言葉が、むしろ引き金になってしまった。

邦華が音声にてプリズムを起動させると、彼女の胸元から七色の光が帯となって飛び出し、空間を彩っていく。その虹の光源となるプリズムが、胸元からゆっくりとせり出してきた。物質と非物質の中間に位置する、時空の観測機。見る角度によって、形状が変化するあり得ない透明の多面体。

あのプリズムによって、量子が、超弦が、ダークマターが、時空が、かき乱されていく。

直観的に理解する。もしかしたら、俺の中に収縮されていた先進世界の『俺』が教えてくれたのかもしれない。しかし、理解できたからといって、対応できるわけではない。

今、世界が再び、邦華（くにか）の手で再編されそうになっている。

止める方法は？　知るか！

何もかも遅すぎた。また並行世界の海が生まれて、その中に俺たちは突き落とされる。

思わず目を瞑（つぶ）って、視界が黒く染まった時。

「音声認証。『停滞（ステイシス）フィールドコード・７２９５０３』」

またもや、謎の呪文？

閉じた視界の向こう側で、落ち着いた大人の女性の声が聞こえた。

「だ、誰？」

恐る恐る目を開くと、俺たちと邦華の間に女性の後ろ姿があった。長い髪をポニーテールにしたスーツ姿の美女。さっきまで影も形もなかった第三者が、まるでその場から急に生えてきたかのように立っている。その立ち姿になんとなく見覚えがあった。

だが俺が声をかけるよりも先に、基元（きげん）世界の朝美（あさみ）が「え、お母さん？」とその女性の背中に呼びかける。

やっぱりそうだ。唐突に現れたその女性は、朝美の母親に似ていた。娘に負けず劣らない端麗な容姿で、テロメアどこ行った？　と言いたくなるくらい若さを保っており、俺の母親と同世代とは思えない美魔女である。

なぜこんなところに？　どこから現れた？

色んな疑問が次から次へと芋づる式に湧いてきた。

いや、それよりも一番の問題は邦華だ。

視線を朝美母から邦華の方に移す。

「……え、邦華？」

邦華の動きがパントマイムの芸のように止まっていた。いや、そんなレベルじゃない。唇も手元も、髪の先すらも、一ミリとて動く気配がない。目も見開いたまま、まばたきもしていない。全身が静止画のように固まっている。

俺は恐る恐る邦華に近づき、その腕を掴んでみた。

どれだけ力を込めても、銅像のようにピクリとも動かない。手首に触れても脈拍や体温も感じ取れず、なんだか死んでいるみたいだった。

「今、邦華に時間停滞フィールドを張ったから、彼女の時間は止まっているわ。といっても、彼女もプリズムを持っているからすぐに解除されてしまうけれど、少しは時間稼ぎになるはずよ」

朝美（あさみ）母が、俺の心を読み取ったかのように解説をした。

「あ、あなたは、一体……。それって、プリズム？」

朝美母がこちらを向き直ると、その胸の前には邦華（くにか）が保有しているのと同じプリズムが浮遊していた。どうやら時間停滞フィールドとやらを作ったのは、朝美母のプリズムの機能のようだ。

ということは、今この場には三つのプリズムが存在している。先進世界の朝美、邦華、そしてこの朝美母。ただ、持っている能力はそれぞれ異なっているようだ。時間停滞フィールドなんて便利な機能、先進世界の朝美も邦華も使ったことはない。

「ほ、本当に、お母さんなの？　似てる……けど、違う？　あなた、誰ですか？」

基元（きげん）世界の朝美が驚きと恐怖がないまぜになった顔で、朝美母（？）を見つめる。

視線を送られた朝美母（？）は少しの間沈黙して。

「音声認証。『停滞（ステイシス）フィールドコード・７２９５０３』」

さっきと全く同じ呪文を唱えた。胸の前でプリズムが輝き、一瞬の閃光（せんこう）が晴れると、俺たちの隣に立っていた基元世界の朝美は、今の邦華と同じ状態のようにぽかんと口を開いたまま、完全に硬直していた。基元世界の朝美の時間を停止させられている。

「あ、あなた、何をしたんですか？」

すぐさま先進世界の朝美が身構える。

「ごめんなさい。彼女にはしばらく黙っていてもらう必要があるの。あなたたち二人には何もしないから安心して」

「いきなり現れてとんでもない力を行使した人にそんなこと言われても、簡単には納得できないんですけど」と俺も遅ればせながら警戒心を取り戻す。

「お願い、私を信じて。秀渡」

その女性に真正面から見つめられ、そう言われた瞬間、俺の背筋に電流が走った。

気付いてしまったからだ。

女性の顔や声色や雰囲気。その全ての情報が俺の脳内で有機的に連結していき、まるでパズルが少しずつ組みあがっていくように彼女の正体がおぼろげに見えてくる。

「まさか、いや、そんな、バカなこと……」

自分でも信じられず、否定する材料を求めるように、先進世界の朝美と基元世界の朝美をそれぞれ見比べた。だがすぐに無意味な行為だと理解する。むしろ彼女たちの姿を再確認して、俺の予想がより補強された。

もう一度、目の前の女性を見つめる。

彼女は穏やかな微笑みを浮かべていた。俺が思いついた答えを、肯定するように。

「……まさか、朝美(あさみ)、なのか?」

白い歯を見せつけるように、いたずらっぽく笑ったその顔は、多少大人びてはいるものの、間違いなく俺の知る幼なじみだった。

ダメだ。ただでさえ色々なことが起きて頭が混乱してるのに、ここにきてまた新しい情報が入ってくるなんて、俺の脳は完全に容量オーバーだ。

幸いなことに混乱しているのは俺だけではないらしく、隣で先進世界の朝美も目を回しながら頭を抱えていた。

「え、えええ、ちょ、ちょっと待って! それじゃあ、今、この場所には先進世界の友永(ともなが)朝美と、基元(きげん)世界の『友永朝美』、そしてまた別の世界の『友永朝美』がいるってこと?」

「それは違う。私は並行世界からやってきたわけじゃない。私は、そこにいる基元世界の友永朝美と同一人物だよ。ズレているのは世界ではなくて、時間の方。……私は、基元世界の未来からやってきた『友永朝美』なの」

そうだ、そういうことになる。

つまり、今、時間停滞フィールドの中で口を半開きにして固まっている、基元世界の朝美が大人になった姿ってわけだ。

「み、未来の、『私』……？」

「……」

先進世界の朝美と、未来の朝美が見つめ合う。えーっと、この二人には時間軸上の繋がりはないんだよな？　世界も違うし時間軸も違う存在だ。

俺が一人で納得していると、急に未来の朝美が先進世界の朝美に歩み寄り、優しく抱きしめた。

「はえ？」

困惑する先進世界の朝美を他所に、未来の朝美は抱きしめる両腕により力を込めて、感慨深げに呟く。

「また、会えたね」

「な、なな、何を？」

「………ごめん、なんでもない。久しぶりだったから、ついね」

そう言いながら彼女を放した未来の朝美の目には、なぜか涙が浮かんでいた。

「さあ、二人とも、私の手を取ってくれる？　今から急いで移動するから」

未来の朝美は左右の手を、俺と先進世界の朝美にそれぞれ伸ばす。

「移動って、どこに？」

「すぐに分かるよ。だから手を掴んで。邦華が動き出す前に」

そう言われて、完全に忘れていた邦華のことを思い出す。

相変わらず静止したまま動き出す様子はない。……いや、彼女の胸の前に浮かぶプリズムが点滅している。その点滅は少しずつ速まっていて、まるでなんらかのカウントダウンのようだった。確か、未来の朝美は「停滞フィールドはすぐに解除されてしまう」とか言っていた気がする。

「プリズムはあらゆる時空改変への耐性を持っているから、この時間停滞フィールドもすぐに破られちゃうの。だから急いで」

俺は急いで未来の朝美の右手を掴み、先進世界の朝美も反対側の手を取った。

「あ、目は閉じていた方がいいよ。酔っちゃうからね。あと、絶対に手を放さないでね」

怖い一言が添えられたので気になってしまった。

「ちなみに放したらどうなるんだ？」

「私にも詳しくは分からないけど、過去も未来も存在しない時空の狭間を、永遠に彷徨い続けることになると思うよ。時空に空いた破れ目から運よく脱出できたとしても、辿り着いた先が白亜紀とかだったりするかもね。じゃあ、行くよ」

天然のジュラシックパークへの片道切符は欲しくないので、未来の朝美の手をしっかりと握り直す。

朝美と手を繋いだ記憶は数えるほどしかないが、その数少ない経験と照らし合わせても、この手の感触に違和感はない。昔と何も変わっていないように思える。柔らかく、しっとりしていて、なめらかだ。一体、何年後の朝美なんだろう。

「音声認証。『時間移動コード・３７６８０７』」

再び未来の朝美が呪文を唱えるのが聞こえる。その言葉に呼応したプリズムが強い光を放っているのが、まぶたを閉じていても分かった。

並行世界を移動した時のような一瞬の浮遊感に襲われて、そして、すぐに硬い大地の感触が足の裏に広がった。小さなジャンプをしたようにあっさりと終わったようだ。

「もう手を放して大丈夫だよ。移動は完了したから」

未来の朝美の言葉に導かれ、ゆっくりと薄目を開く。

「ようこそ、未来へ」

3

未来の光景というと、天を貫く摩天楼とその合間を飛び回る空飛ぶ自動車に、ノイズ交じりの立体映像が商品の広告を映し出す様を想像していた。だが、今、俺の目の前に広がる未来は、シーリングライトの光に照らし出された、クリーム色の絨毯(じゅうたん)に北欧風のインテリアやソファが置かれた、居心地の良いオシャレなリビングルームだった。どこに目をやっても未来的要素は一つも見当たらない。

「……ここが、未来？」

俺たちが目を閉じている間に薬で気絶させ、この部屋に運び込んだと言われた方が納得できそうな状況だ。

「ごめんね、期待外れだった？　でも、五十年や百年先の未来ってわけじゃないから、あまり新鮮さがないのも当然だよ」

「実際、俺たちの時代から何年後なんだ、ここは？」

なんの気なしに聞いてみると、未来の朝美はムッとした表情になった。

「それは秘密」

「え、なんで？」

「ダメったらダメ！」

頑固に主張する。

首を傾げる俺に、先進世界の朝美がこそっと耳打ちした。

「たぶん、自分の今の年齢を知られたくないんじゃない？」

あー納得。流石、直接の未来ではなくても、同じ「友永朝美」だからその心情をよく理解していらっしゃる。

「これ、『半世紀後ダイアリー』だな」

部屋の中には友永朝美グッズがずらりと並べられていた。先日（俺のいた時間軸においてて）封切られたばかりの朝美主演映画のポスターに、その隣には朝美のデビューライブ会場限定のポスターがあり、壁際のオープンシェルフにはアクリルスタンドやキーホルダーなど友永朝美の関連グッズが飾られている。

この友永朝美博物館の展示物を眺めていると、一点だけ趣が違うものを見つけてしまった。

そのポスターに近づき、中心に写っている人物を注意深く眺める。

濃紺色のショートカットに切れ長の瞳。見間違うはずがなかった。

「こいつ、邦華だ」

大平邦華の写ったポスターが、この部屋にある友永朝美関連グッズのどれよりも目立つ場所に貼られていた。たった一点しかない邦華のグッズが、一番の特等席に飾られている。

ポスターの中の邦華はターコイズブルーの衣装に身を包み、クールな立ち姿でポーズを決めている。ポスターには強気なキャッチコピーも躍っていた。

『――現実はまだ負けてない。超新星のリアルアイドル、大平邦華、ついにデビュー！これより、反撃開始！』

未来にこんなものがある、ということは。

「まさか、あいつ、未来人のアイドルだったのか？」

未来の朝美が俺の隣に立って、同じように邦華のポスターを見つめながら言った。

「そう。今の時代、高品質のＣＧモデルと疑似人格ＡＩで作られたバーチャルアイドルの勢いが強くて、人間のアイドルはだんだん減っているんだよね。だから、邦華がここまで来れたのは、かなりすごいことなんだよ」

何やら世知辛い時代だが、理解できてしまう側面もある。バーチャルな存在の方が加齢しないし、不祥事も起こさないし、お金もかからない。

「あの子、すごく、すごく頑張ってたんだけどね」

泣き出しそうになるのを無理矢理抑えつけているような声がして、未来の朝美の横顔を見ると、彼女の視線はポスターの中の邦華に向けられていた。心から慈しんでいる目をしていた。

それを見て察する。

「もしかして、邦華は……お前の」

「ふふ。やっぱり気づいちゃった？　そう、私の娘。大平邦華っていうのは芸名。本名は友永邦華なの」

それを知ったうえで改めてポスターの中の邦華を見ると、今まで気づかなかったのが信じられないくらい朝美によく似ていた。顔の各パーツといい、その雰囲気といい、血の繋がりが感じられる。

「それを聞いて色々と腑に落ちた気がするよ。つまり、お前は過去に家出した娘を連れ帰るために追いかけてきたんだな」

「もっと早く来てくれれば、私たちが苦労して並行世界を逃げ回らなくても済んだのに」

と先進世界の朝美が不満を露わにする。

　それを聞いた未来の朝美が首を横に振った。

「助けたくても出来なかったの。さっきまで基元世界は過去も未来も含めて、その全てが分解されて、並行世界の中に収縮されていた。もちろん、私も。だからあなたたちが並行世界を壊して、基元世界を戻してくれなければ、こうして過去に介入することも出来なかったわ」

　それに、と言葉が続けられる。

「並行世界が存在しているっていうのは色々なパターンの過去と未来があるわけだから、時間移動はうまく機能しないの。例えばA世界の十年前に飛ぼうとしても、B世界の十年前に到着しちゃう、みたいな座標のズレが発生するわけ。今みたいに基元世界という一本の時間軸に戻らないと、正確な時間移動は困難なの」

「なるほど。今は、並行世界は全て無くなり、基元世界だけだから時間移動できる、と。じゃあ、あとは、あの家出娘を母親のお前が連れて帰って、お尻ぺんぺんしてくれれば万事解決ってことだな」

俺が楽観的に言い放った言葉を、未来の朝美は再び首を振って否定する。

「それはできない。力ずくであの子を止めようとしても、プリズムの力で逃げられてしまうから」

「そこは、こう、親の責任としてなんとか説得してもらわないと」

「私の言葉なんか、あの子は聞く耳を持たないでしょう。あなたたちは一度見ているはずよ。過去の私があの子を助けようとしたけどあの子は拒絶した、そうじゃない？」

そう自嘲する未来の朝美を見て、目の前の女性は本当に友永朝美なのか一瞬疑ってしまった。何事にも自信家でプライドが高く、だけど努力家で、どんな困難なことでも一人で解決してしまうあいつが、こんな泣き言を口にするなんて思わなかった。

そこにいるのは、反抗期の娘との関係性に悩む、どこにでもいる一人の母親でしかない。

だけど、言われてみればそうだ。

『……だから、あたしはこんなにも傷つくんだ』

そう言って、邦華は過去の母親から差し伸べられた手を払い除けてしまった。それに、あの時の朝美の説得は逆効果だったようにも思える。

「恥ずかしい話だけど、今のあの子を救えるとしたら、私じゃない。……あなたたちしかいないの、秀渡」

「まてまて、どうしてそうなる。俺は邦華とは縁もゆかりも……」

「もちろん、理由はちゃんとあるわ。なぜあの子が過去に家出をしたのか、その原因も含めて全部教えてあげる。その階段を上って、左手の奥の部屋に入れば分かるはずよ」

未来の朝美がリビングルームの外にある階段を指差す。

「そ、その部屋に、誰かいるのか？」

「ええ。彼が全部説明してくれるから。……ただ、驚かないでね」

不安になる一言が付け加えられる。

「あ、じゃあ、私も一緒に」

先進世界の朝美が俺の後に続こうとしたが、未来の朝美に肩を引き止められる。

「あなたはここにいて。あなたにも話さなきゃいけないことがあるの」

落ち着いた口調とは裏腹に、声には大きな感情が乗っていた。感謝と謝罪、期待と不安、決断と躊躇(ちゅうちょ)、そんな相反する感情が、ゴルディアスの結び目のように複雑に絡み合っている。その圧力に先進世界の朝美は負けてその場に留(とど)まった。彼女の不安そうな視線に送り出され、俺は一人で階段を上がる。

人感センサーがあるのか、勝手にライトがつき俺を案内してくれる。二階の廊下を歩き、言われた通り左手奥の部屋に入った。

そこは書斎のようだった。

部屋の奥にデスクがあり、俺たちの時代よりも薄型のディスプレイが置かれている。また、四面の壁には天井に接するほど大きな本棚が打ち付けられ、辞書のように分厚い書籍がぎっしりと詰まっていた。さらりと背表紙を見る。多元宇宙とか時空とか量子論とか超弦理論といった単語があるから、物理学の本なんだろう。

ほかにも紙のメモがそこかしこに貼られていたり、床には論文とおぼしき紙の束が散らばっていたり、いかにも学者の書斎という雰囲気の部屋。

そんな部屋に、大きな違和感が置かれていた。

何の機能性のない木製の直方体。部屋の真ん中に鎮座していて、動線の邪魔になっている。何一つ、存在理由を見いだせない異物。

近づいて分かった。これは棺だ。直方体の箱の蓋には小さなガラス窓が付いていて中の様子が覗ける。棺の中は綺麗な花が天国の庭のように敷き詰められていて、一人の男性が眠るように横たわっていた。

「……だよな」

予想はしていた。

綺麗な花に囲まれて眠っている遺体。その顔は、俺の父親に似ていたが、まあ父親ではない。老けているが、間違いなく俺だ。年齢は四十代くらいだろう。

未来の俺が、棺の中で死んでいた。

なんかあんまりびっくりしないな。こういう展開に慣れてるせいかもしれない。

よくよく観察すると、棺の中には白い湯気のようなものが漂っている。遺体を保存するためのドライアイスとか特殊なガスとかそういうやつなんだろうけど、なんだか天国を支える雲のようだった。

俺の遺体は血色がよく、本当に眠っているみたいだった。たぶん化粧がされている。

でも、どうしても信じられず、俺は棺の蓋を下ろして、俺の遺体に手を伸ばす。棺の中は冷凍庫のようにひんやりとしていた。自分の腕に触れる。冷気で保存されているせいか驚くほど硬い、まるで石像のようだ。だけど、脈と体温がないことだけは確実に分かった。

うん、死んでるな、これ。

納得した時、ピコンとこの場にそぐわない起動音がした。視線をあげると、デスクのディスプレイが点灯し、そこに未来の俺の顔が浮かび上がった。

『おっと、見えてる？』

これには流石（さすが）に驚いて棺の中の遺体を見たが、こちらは眠ったままだった。

「……え、俺？」

『見えてるようだな。よかった』

俺の言葉に反応してるってことは、録画された動画とかではない。

「も、もしかして、幽霊？」

『その表現、意外と的を射てるかもな』

ディスプレイの中の俺が笑った。

『正確に言うと、俺は湯上秀渡が生前に自身の記憶を学習させて作成した、遺言用の疑似人格AIだ。本物の湯上秀渡の思考をトレースしているだけのプログラムだよ。自身の死後に遺族が遺産を巡って争うのを諌めたり、最期のお別れのための喋る遺言状として生前のうちに作成しておくのが、今の時代に流行ってるんだ』

「じゃあ、俺の思考はプログラムになって永遠に生き続けるのか？」

『いや、起動してから一時間以内に自己破壊されることになっている。学習元の人間が死んでいるのに疑似人格が生存しているのは、法的倫理的問題が多過ぎるからな。さて、あまり時間がないから手短に行くぞ。これから語る俺の言葉は、未来のお前からメッセージだと思ってほしい』

俺は棺の中の俺を一瞥し、またディスプレイに視線を戻す。

「……なんだ？」

『俺たちの娘を助けてほしい』

俺たち、ね。いやまあ、なんとなく予想していたけどさ。

大平邦華に朝美の特徴が色濃く受け継がれていることに、俺がさっきまで気づかなかったのは、彼女の中にある不純物が紛れていいからだ。人間は父と母の遺伝子を半分ずつ引き継いで生まれてくる。当然ながら、邦華も父親の影響を受けている。彼女に表れた父親の特徴が、母親である友永朝美の面影をうまいことマスキングしていたのだ。

　父親、すなわち、湯上秀渡だ。

『邦華は、未来のお前の娘でもある』

「さっき、友永邦華が本名って聞いたけど？　……もしかして俺たち離婚した？」

　ちょっと心配になる。

『違う。この時代では夫婦別姓が法的に確立していて、朝美は今でも友永の姓を名乗っている。そして子供は生まれてくる際に、両親のどちらかの姓を与えられることになるんだが、お前たちは友永を選んだんだ』

　なるほどね。つまり、俺は将来、朝美と結婚して娘を得るらしい、うわーいやったーと素直に喜べないのは、すぐ目の前に未来の俺の遺体が転がっているからだが。

「助けるのは、まあ、分かったよ。というか、あいつをどうにかしないと、またプリズムの力で並行世界を作られかねないわけだし、やるよ。けど、あいつがグレた原因はなんなんだ？　そもそも親の教育が悪いんじゃないのか？　親の顔が見てみたいな」

『そうだ、親である俺たちの監督不行き届きだ。申し訳ない』

　今のはツッコミ待ちのジョークだったんだが、真剣に謝られてしまった。

『邦華は、昔から母親に、朝美に憧れていた。アイドルになって女優になっていつかママも超える、なんて話していた。だが今はバーチャルアイドルに勢いがあって、リアルアイドルには逆風の時代だ。運が悪かったとしか言えない。明るかった邦華が、自分の部屋で塞ぎ込むようになって……』

それから、未来の俺たち家族に起きたあれこれを聞かされた。愉快な話ではない。

現実でも創作物でもありふれた、親と子のすれ違い。

普通なら笑って聞き流せる手垢塗れの話も、将来の自分に起こると知っていると、真面目に聞き入らざるを得ない。

こういう親にはなりたくねえな、と思っていたまさにその姿に自分がなっているという事実は、結構胸に刺さる。

『邦華は、高いところが好きだった。この家の中では屋根が、あの子の一番のお気に入りだった。危ないからやめなさいと昔から言っていたんだが聞き入れなくてね。……あの日も、あの子は屋根の上で塞ぎ込んでいた。だから、俺も登って話をして、そして』

間抜けな話だ。

娘を元気づけようと話をして、そして、死んでしまうなんて。

「俺ってつくづく落ちて死ぬのが好きだな」

つい笑ってしまった。

『全くだ。だけど笑えないのは、俺の死に、邦華が責任を感じてしまったことだ。そして俺の遺品を整理している中で、プリズムを見つけた』

「そういやあれはなんなんだ。未来のアイテムだったのか？　でも、先進世界の技術力ですら解明できなかった代物を、この時代で作れるとは思えないんだが」

『詳しく説明していたら、俺のタイムリミットがいくらあっても足りないから割愛する。ただ、俺の研究対象だったと言っておこう。とにかく邦華はプリズムの力で過去に行けること、並行世界を生み出して剪定（せんてい）できることを知って、過去に向かった。それからのことは、お前にも想像できるだろう』

　過去に行った邦華がしてきたこと。

　基元（きげん）世界を解体して、俺と朝美（あさみ）が出会わない並行世界が残るように選択していた。

　それは、つまり。

「……まさか、あいつは、自分が生まれなかった世界を探しているのか？」

　ＡＩの俺の無言が、俺の予想を肯定していた。

　なんて壮大な家出だ。過去と未来と並行世界をまたにかけた、宇宙的な家出。そして、自分の家路を閉じるための家出。

『それが、邦華の目的だ。もちろん、俺たちはそんなことを望んでいない。何があっても邦華を愛している。……だがそのことを伝えられるのは、今のお前だけなんだ』

　父親の俺はすでに死に、母親の朝美の言葉は届かない。

　それで、俺か。

　なんか、俺っていっつも自分がやらかした尻ぬぐいをしている気がするな。

「どうやって邦華を説得するんだ？　未来の俺の娘だからって、今の俺にとっては単なる女の子に過ぎないんだぞ？」

『だから、だ。親の言葉よりも、同世代の人間の言葉の方が心に届くこともある』

「そりゃ、そうかもしれないけど。俺には邦華と積み重ねた思い出とか、そういうのがないのに……」

『……』

「おい、聞いてるか？」

『すまない、そろそろ時間切れだ』

「マジかよ！　まだまだ聞きたいことが山ほど」

『いや、もう十分だ。ここにいる俺は疑似人格に過ぎないから的確なアドバイスができないし、そもそも過去と未来の自分も異なる存在だ。未来の俺の言葉をお前がそのまま話したところで、あの子に響くとは思えない』

　そうして、ディスプレイから俺の姿が消える。

『お前は、お前自身の言葉で話すべきだ』

　その最後の言葉だけを残して。

「ったく、恨むぞ、俺」

棺の中の自分にそう毒づいて、リビングに戻る。

まるで俺が降りてくる時間が分かっていたかのように、二人の朝美が立って待っていた。

「……ごめんね、秀渡」と未来の朝美が言う。

「あー、分かったよ。それで、そっちの話は終わったのか？」

先進世界の朝美も、覚悟を決めた顔をしている。

二人がどういう話をしたのか気になったが、これ以上時間を無駄にするわけにもいかない。

「さて、どうやって元の時間に戻ればいいんだ？　また、お前が送ってくれるのか？」

未来の朝美に尋ねたが、「それは大丈夫、私が連れてくよ」と代わりに先進世界の朝美が答えて俺の手を取る。

「彼女のプリズムのタイムトラベル機能をアンロックしたの。使い方もちゃんと伝授してあるから、ちゃんと元の時代まで戻れるよ」

未来の朝美のさりげない発言。

ちょっと待て、先進世界ですら完全に理解し切れなかったプリズムをそんな簡単に操作できるのか？　ということは、未来の朝美もプリズムについて何か知っている？

それを問い詰めようとしたが、それよりも早く先進世界の朝美が呪文を唱えた。

「音声認証。『時間移動コード・376807』」

恐らく、未来の朝美から教わったばかりの、その詠唱。プリズムは行きの時と同じように輝き出し、時間跳躍の準備を整えている。

「さっきの時間に戻ったら、また、邦華が時空の改変を起こすはず。これまでとは比べ物にならない規模の改変にあなたたちは巻き込まれるわ。……その改変された世界であなたたちがどうするのか、それはあなたたち自身に任せる」

リビングが虹色の光に満たされていく中で、未来の朝美の声が聞こえる。

「どうか、後悔しない選択を」

光の中から届いたそれは、いつか、どこかで、先進世界の朝美が俺に語り掛けた言葉だった。

未来の朝美はその言葉を知っていたのか、それとも偶然同じ言葉になったのか。それを問おうとした俺の声は、時空の狭間の中に消えて行った。

幕間　ひまわり娘

あたしのお父さんは、お母さんのことをよく太陽に例えた。

明るくて、眩しくて、厳しいことも多いけど優しくもある、ありとあらゆるものを照らし出す太陽のようだと。

その歳になってもまだ惚気るかと呆れたこともあったけど、お母さんの過去を知った時、お父さんの言う通りだと思った。

お母さんは自分がアイドルだということをずっと隠していた。まるで自分の過去を抹消しようとしていたように。

だから、あたしの家には、お母さんの過去の痕跡は一切残っていなかった。

あたしがそれを知ったのは、十歳の頃。お母さんの実家、つまり母方の祖父母の家に遊びに行った時の頃だ。偶然、あたしは押し入れの奥に隠されていた友永朝美のファーストライブ限定ポスターを見つけてしまった。

若い頃のお母さんだとピンと来て、両親を問い詰めると、渋々と全てを打ち明けてくれた。

あたしのお母さんは、かつて国民的なアイドルだったのだ。

それからあたしは、お母さんが登場する動画メディアを調べてチェックしまくった。

現代ではアイドルも役者も高品質なCGと疑似人格AIによるバーチャルな存在に勢いがあって、こうして生身で歌って踊る若い頃のお母さんの姿は新鮮で衝撃的だった。太陽が放つ閃光(せんこう)を、あたしはモロに浴びてしまったわけだ。

太陽を直視するとその残像が視界の中にしばらく残るように、あたしのまぶたの裏には常にお母さんの輝く姿が映るようになった。

あたしのお気に入りは、お母さんが主演を務めた映画『半世紀後ダイアリー』だ。煌(きら)びやかなライブの時とは大違いの儚(はかな)げな演技に圧倒され、ラストシーンでは号泣してしまった。何度も見返しては、何度も同じ場所で泣いた。

生身の人間でも、バーチャルな存在には負けていない。いや、勝ってる。それがなんだか誇らしかった。

「ねえ、どうしてお母さんはそのまま女優にならなかったの？　かなりイケてたと思うんだけど」

あたしがそう聞くと、お母さんは苦笑して「芸能界はアイドルでもう懲り懲りだと思ったからね」と答えた。

でもすぐにそれはウソだと分かった。

ネットに残っていた古い記事で、友永朝美(ともながあさみ)がアイドル引退後は女優路線を目指していたことを知ったのだ。実際、かなり順調に歩んでいたらしい。二十歳で『スパスト』を卒業、その後は女優として芸能界に留まった。

二十代後半に一般男性との結婚を発表。これもかなりの激震が走ったそうだ。それからも映画にドラマと、出演作を増やしていく。

ついには、ハリウッドのプロデューサーの目に留まり、豪華スタッフで構成された期待作のオファーがあった。気の早いマスコミの中には、日本人初のアカデミー主演女優賞を取るかもしれないと報道するものもいた。

そんな期待を背負った友永朝美だが、なんとそのオファーを断ってしまい、日本中が驚いた。

その理由は事務所から公表された。

友永朝美の妊娠が分かり、母子の健康のために出演を辞退した、と。

そう、この時、お母さんのお腹の中にいたのは、あたしだった。あたしが、夢へと羽ばたきかけていたお母さんの翼を折ってしまった。

お母さんは、あたしを出産後も育児に専念することになった。こうして数年間の足踏みをしているうちに、バーチャルな存在が勢力を拡大させてしまい、お母さんの芸能界の復帰のめどは立たなくなった。そうして、お母さんは夢を絶たれた。

この事実を心に留めておけるほど、十歳の時のあたしは大人じゃなかった。

「……あたしのために、女優の夢を諦めちゃったの？」と泣きじゃくりながらお母さんの元に駆け寄ったことを覚えている。

お母さんは、やっぱり太陽のように笑って、温かく抱きしめてくれた。

「そんなことないわ。あなたが生まれてきてくれたこと、あなたの成長を傍で見守れたことは、私の夢なんかよりもよっぽど大事なことなのよ」

その言葉が嬉しかった。自分の存在が肯定されて救われた気持ちだった。

だけど、お母さんの顔に一瞬だけ現れた表情。まるで『半世紀後ダイアリー』の主人公のような儚い顔を見つけてしまい、あたしは決めた。

「だったら、あたしがお母さんの夢を引き継ぐよ！　お母さんみたいなアイドルになって、それから女優さんになって、お母さんの夢を叶えてあげる！」

幼い子供特有の、根拠のない万能感。

お母さんは優しく微笑んで、「ありがとう。応援してるわ」と言った。

こうしてあたしは、夢を持った。

それが、途轍もない呪いであるなど、知る由もなく。


そうして、あたしはひまわりになった。

空に輝く太陽を追いかける、地上の花。重力に縛られ続ける、哀れな花。どれだけ太陽に憧れても、決して届くことはないと知らない愚者に。

あたしはアイドルのオーディションに応募し続け、ことごとく落ちた。バーチャルアイドルの全盛期の時代に生身のアイドルをプロデュースしている芸能事務所は少なく、例えあってもかなりの狭き門だった。

あたしの万能感は、あっという間に打ち砕かれた。

それでもと、何度となく挑戦し続けてようやくデビューの切符を手に入れる。衣装が完成し、宣材写真も撮影し、ポスターも出来上がった。お母さんもお父さんも自分のことのように喜んでくれた。あたしも踊り出したいくらい嬉しかった。

ようやくあたしとお母さんの夢を叶えるための、第一歩が始まるんだ。ようやく苦労が報われる。

そう思った矢先、あたしが採用された芸能事務所の社長が代替わりし、赤字を垂れ流すリアルアイドル部門の廃止が宣告された。今後は、バーチャルに力を入れていくという。

どうしようもなかった。期待が大きかった分、裏切られた時のショックも大きかった。

その夜、あたしは自宅の屋根に登った。

昔から高い場所が好きだった。

理由は分からないけど、たぶん、少しでも太陽に近づきたかったんだと思う。だから落ち込んだ時は、自分の部屋の窓から身体（からだ）を出し、桟（さん）に足を乗せてから屋根に登り、そこでぼんやりとしていた。

物理的に太陽に近づけても、憧れの存在にはなれないと分かっていたのに。

あたしの家は小高い場所に立っていて、屋根に登るとこの街を一望できた。だから、数ある高い場所でも、自宅の屋根が私の一番のお気に入りだった。

その夜も同じように呆然(ぼうぜん)としていると、お父さんの声がした。

「ここは危ないから登ったらダメだって、前から言っているだろう」

そう言いながらお父さんが屋根に登ってくる。あたしの隣に腰かけた。

「……ごめんなさい」

「お母さんから聞いたよ。残念だったたな」

これまでオーディションに落ち続けていた時と同じ慰めの言葉。それが辛かった。泣き出しそうになるのを懸命に堪える。

「別に」

絞り出した声は鼻声だった。

「今の時代でデビュー直前まで行ったんだからすごいことなんだぞ、もっと自分を誇っていいんだよ」

両親はいつだってそう言ってあたしを褒める。バーチャル全盛期の今の時代に、生身のアイドルを目指しているんだからすごい。……だからなんだ。そんなのなんの慰めにもならない。結果を出さなきゃ意味がないんだ。

過程に意味がある、挑戦することが大事、そんなの全部負け組の言い訳だ。自分で自分の気持ちを誤魔化しているだけだ。

「……」

父親への反論が頭の中に次から次へと湧いてくる。でもそれをぶつけるほど、今のあたしは子供じゃなかった。そんなのはただの八つ当たりだって知っている。

あたし一人だけの夢なら、諦めたっていい。あたしが傷つくだけで済む。

でも、この夢はあたしだけのものじゃない。お母さんの夢でもあるんだ。

分かってる。あたしのやっていることは、母親の夢を奪ってしまったっていう罪悪感を償うための行為に過ぎないんだと、頭では理解している。それでも止まらない。止まれない。二人の分の夢を背負っているから。

「邦華は立派だと、本当に思うよ。アイドルになるだけなら、友永を芸名にしてお母さんの娘だと公表すれば簡単だったのに。今のお父さんの世代で友永朝美を知らない奴なんていないからな。今がバーチャル全盛期でも、友永朝美の娘となれば注目を浴びるのは間違いない。……でも、邦華はそういう安易な道に頼らなかったんだから」

あまりにも優しいお父さんの言葉。

だけど、違う、違うんだよ、お父さん。どうして分かってくれないの？

お父さんに、あまりに理不尽な怒りが湧いた。

「違う」

心の内に留めようとしたはずの声は、いつの間にかあたしの唇の合間から漏れていた。どんな頑強な堤防もアリの一穴から崩れ去るように、あたしの感情を堰き止めていた堤防も、このたった一言で崩壊した。

感情が氾濫した。

「違うの！　あたしが、お母さんの娘だって言わないのはただ怖いだけ！　親子だからって勝手に期待されて、比較されて、それで『ただの親の七光りだな』って評価されるのが怖いから！」

怒涛のように、不安と怒りが次々に溢れてくる。自分でも制御できなかった。

「自分でも分かってるの！　あたしはお母さんの足元にも及ばない。ああいう、天才的なオーラは持ってない。……時代とか関係ない！　バーチャルアイドルが存在しなかったとしても、あたしは選ばれない側の人間なの！」

お母さんのライブ映像をどれだけ見直しても、あんな風にカッコよく踊れない。お母さんの歌を聴きながらボイストレーニングをしても、皆を聞き惚れさせる歌声は出せない。鏡の前でにらめっこをしても、あの輝くような笑顔は作れない。

努力すればするほど自分の夢が無謀であると知り、天賦の才のあった母親から夢を奪った自分がどれだけ罪深い存在なのか突きつけられる。

「……せめて、生まれてくるのが、あたしみたいな出来損ないじゃなければ……。お母さんの夢を、代わりに、ちゃんと叶えて、あげられたのに……」

「……邦華、そんなこと言うな」

心配そうなお父さんが、あたしの肩に手をかける。

悲しそうに歪んだ父親の表情から、あたしは逃げたかった。

「触んないで！」

その手から逃れようとして、勢いよく立ち上がる。

それが失敗だった。

ただでさえ感情的になったせいで頭に血が上っていた時に、急に立ち上がったものだから、ほんの一瞬だけめまいを覚えた。僅かにふらつき、バランスを崩す。この不安定な屋根の上で。

「危ない！」

お父さんがそう叫んだことは覚えている。

大きく傾いたあたしの身体だったけど、お父さんの腕に強引に引っ張られたおかげで重力に打ち勝ち、屋根の上に留まることができた。

「おとう、さん？」

だが立ち眩みが収まって辺りを見回した時、お父さんの姿はどこにも見えなかった。

それから遅れて、庭先からお母さんの悲鳴が聞こえた。

その時、全てを理解してしまった。屋根の上から庭を覗こうとして、でも怖くてできなかった。

高いところから降りられなくなったバカな子猫のように震えていると、庭からお母さんの声が飛んできた。

「く、邦華？　そこにいるのね？　落ち着いて。その場でジッとしていてね」

あたしは十分近く、その場で縮こまっていた。

その間に救急車と消防車がやって来る。あたしは、屋根に登ってきたレスキュー隊の人に抱えられながら地上に戻る。

お母さんに抱きしめられる。ごめんなさいの言葉は、喉に貼り付いて出てこなかった。

「ああ、無事でよかった」

「これからお母さんはお父さんに付き添って病院に行くから、あなたは家で待ってて。いいね？」

あたしを心配させまいと明るく振る舞うお母さん。

そうして一人で自宅に残り、消防車と救急車が去っていくのを見送った。回転する赤色ランプとサイレンが消えると、視覚と聴覚が異常なほどの寂しさを訴える。

それから、どれだけ待っていたのだろう。

時間の感覚がとっくになくなった頃、ようやく戻ってきたお母さんが持ち帰ってきたのは、お父さんの訃報だった。

数日後、ようやくお父さんの身体（からだ）も帰ってきた。

最初は寝ているだけだと思った。すぐに棺の中の身体をむくりと起こして、眠そうに目を擦（こす）るんじゃないかって。

でも、どれだけ待ってもなかなか起きなかった。恐る恐る、その腕に触れた時ようやく全てを理解した。

体温はなく、指先も脈もピクリとも動かず、呼吸もしていない。

それは間違いなく、生きていなかった。

プリズムに出会ったのは、お父さんの書斎で遺品整理をしていた時だった。デスクの引き出しの中、クッションの詰まった箱に大事に収められていた。

お父さんが大学でなんの研究をしていたのかよく知らなかった。時空やら素粒子やら宇宙やら、そういう難しい単語が多過ぎて理解しようとする気も起きなかった。

だけど、お父さんが亡くなって、書斎の床に散らばっていた論文を読むと、プリズムにはとんでもない力が秘められていて、それをお父さんが研究していたことは理解できた。

タイムトラベル、並行世界の創造、それを可能にする原理までは分からなかったけれど、プリズムの操作方法だけはしっかり論文に記載されていて、呆然自失で空っぽになっていたあたしの脳に染み込んでいった。

古びたランプを擦るような気持ちで、あたしはプリズムを手に取り、そして、起動させた。

とくに目的も定めずに起動したプリズムは、あたしをとある過去に導いた。

その時代で、あたしは若い頃のお父さんを見つけた。中学生くらいだろう。

お父さんは降りしきる雨の中を、逃げるように走っていた。その姿は、あたしに似ていた。憧れの存在に近づけないと悟って、何かも絶望し、諦めて、自暴自棄になっている様子。今にも壊れてしまいそうだった。

事実、階段から足を滑らせて落下し、本当に色々と壊れてしまった。流石に驚いたけど、死なないはずだ。ここで死んでしまったら、あたしが生まれないんだから。

「……う、ぅう……」

頭から血を出してうずくまっている若い頃のお父さんに、私はプリズムを与えた。時間移動の機能は制限して、並行世界の創造機能だけはオートで機能するように設定して。

「……ごめんなさい。どうか、お父さんが本当に行きたい世界を選んで」

それは、贖罪のつもりだった。

母親からは夢を奪い、父親からは命を奪った、愚かな娘のプレゼント。

お父さんが選んだ世界なら、きっとお母さんも幸せに暮らせるだろう。

プリズムがお父さんの中に埋め込まれて機能を開始した瞬間、あたしの意識は途切れた。後になって考えると、たぶん、並行世界が生まれたことで、未来と過去の結びつきがあいまいになり、未来のあたしという存在は収縮されてしまったんだと思う。時空改変の耐性のあるプリズムを持っていればそのまま存在できたんだろうけど、それはお父さんにあげちゃったから、あたしはなんの抵抗も出来ずに消失してしまった。でも、あたしはそれで満足だった。

お父さんが幸せになってくれるのなら、それでいいと思った。

だけどすぐに、あたしは意識を取り戻した。お父さんにプリズムを渡した、その階段の前で。あたしの主観的には一瞬の出来事だったけど、数か月の月日が流れていた。

なぜ？　どうして？

その疑問は、すぐに解決した。

手がかりがあるかもしれないと向かったお母さんの実家の前で、若い頃のお母さんが両親（あたしにとっての祖父母）を急かしている声を聴いたからだ。

「湯上が目を覚ましたんだって！　急いで行かないと」

階段から落ちて昏睡状態だったお父さんが病院で意識を取り戻した、とのことだった。

あたしは夜中に病院に忍び込んで、眠っているお父さんからプリズムを取り出し、色々と調べてみた。

どうやら並行世界を作り出してもいつまでも維持できるものではなく、世界の性質としてどうしても一つに戻ってしまうものらしく、お父さんはどこかの並行世界に一本化されることよりも、基元世界のままであることを望んでしまったようだ。

お父さんに任せてちゃダメだと悟ったあたしは、今度は自分で使うことに決めた。

並行世界の創造者の特権として、全ての世界に遍在し、それぞれの『自分』の意識にアクセスすることができた。その特権を利用して、あたしは様々な世界を自分の目で確かめることにした。

まずは、お父さんの様子を間近で観察できるように、同じ学校にクラスメイトとして潜り込んだ。戸籍は未来から持ってきたデバイスを使って偽造した。まあ何度か失敗して並行世界を移動したこともあったけど。

本当は、あたしは目立たずにお父さんを陰から観察し、どの世界が一番ふさわしいのかを見極めるつもりだった。だけどお父さんはクラスで孤立しているあたしに同情して近づいてきてしまった。

最初は拒否していたけど、少しずつ話を合わせるようになった。

若い頃のお父さんを知りたくなったのだ。

冴えないお父さんが、いくら幼なじみとはいえあの友永朝美とどうして結婚できたのか、ちょっと興味があったから。親しくなれば、その理由が分かるかもしれない。これは、純粋な好奇心だった。

あたしは小さい時から憧れのお母さんにずっとベッタリで、お父さんと二人で過ごした経験が薄かったので、若い頃を知ることができるのはちょっと新鮮で楽しかった。あのお父さんにも、こういう普通の高校生の男の子だった時期があったんだと、当たり前のことを知った。

ただ、困ったのは呼び方だ。正直にお父さんと呼ぶわけにはいかないし、一応父親なので、名前で呼ぶのにもなんとなく抵抗があった。

なので、本名を呼ばなくてもいいように、あだ名を考えた。

「先輩くん」

丁度いいあだ名ができると、あたしはもっとお父さん、いや、先輩くんと親しくなれた。

並行世界を巡り、いつの間にか色々なパターンの先輩くんと過ごすようになり、より知りたくなった。先輩くんに限らず、人間は誰もが多面体だ。見る角度が違えば見え方も異なる。並行世界は色々な見え方を教えてくれた。

色々な先輩くんがいて、性格や考え方がちょっと違うこともあったけど、どの先輩くんもあたしに優しかった。

それはもしかしたら遺伝子の繋(つな)がりを本能的に感じ取って、「我が子への愛情」という人類に仕組まれた普遍的なプログラムが起動しただけなのかもしれない。

だとしても、あたしは先輩くんと彼の未来の姿であるお父さんを、幸せにしてあげたかった。

そうして、あたしは選んでいくことにした。

お母さんが国民的なアイドルになって女優という新たな夢を実現でき、そしてお父さんが幸せになれる世界を。

両親が決して出会わない世界を。

あたしが存在しない世界を。

こんなにもあたしが頑張っているのに、それでも若い頃の二人は抵抗してくる。あたしは、それぞれが幸せになれるように、完璧な世界を探してあげているのに。

子の心、親知らずだ。

でも、あたしは渡り歩いてきた様々な並行世界の中から見つけていた。

二人の楽園、そして、あたしにとっての天国を。

なんだかんだ並行世界を行き来するのが楽しくて、今までずっと先送りにしていたけど、もう決めた。剪定(せんてい)はおしまいにする。覚悟を決めた。あたしが見出(みいだ)したあの世界を、本当の世界にしてしまおう。基元(きげん)世界を書き換えてしまおう。

さて、あの二人が未来からこの時代の控室に戻ってくる。

どうして未来のお母さんがプリズムを持っていたのかは分からないけど、でも、今更何をしたって遅いんだ。

たぶん、あの二人は未来のお母さんに全てを教えてもらったんだろう。あたしの正体と目的を。そして、プリズムについても。

だとしてもあたしは負けない。

先輩くんと先進世界のお母さんが、光の中から現れる。どうやら先進世界のお母さんの持っていたプリズムの力で時間跳躍してきたらしい。

二人が時空酔いでふらついている間に、あたしは自分のプリズムを起動させる。

音声でコマンドを入力し、並行世界を創造する。同時に、この基元世界を分解して収縮させる。

あたしのプリズムが虹色の輝きを放って、時空を再び混乱させる。あたしが探し出した、あの世界を創造し、それ以外の数多（あまた）の世界を切り捨てる。

基元世界すらも可能性に分解し、あたしが見つけたあの並行世界を、唯一無二の世界にする。

あたしに気づいた二人がこちらを向く。

さあ、今度こそ、終わりだ。

そして、あたしは最後のお別れを言う。

「お父さん、お母さん。生まれてきて、ごめんね」

第四章　俺たちの人生の物語

1

……俺は、変な夢を見ていた気がする。

でも目が覚めた瞬間から急速に印象が薄れていく。楽しい夢だったわけではないが、大切なことを教えてくれる夢だったような……。家に忘れ物をしたような気がするけれど、それがなんなのかが分からないような感じ。

しょうがない、二度寝すれば夢の続きが見られるだろう。

「ほら、秀にぃ、さっさと起きて！」

そんな俺の目論見(もくろみ)は、義妹(いもうと)の無慈悲な布団引き剥(ひは)がし刑によって全て無に帰した。

「も、もっと、優しく起こしてくれ……」

「朝ごはんできてるから下りてきてね！」

俺の要望など聞く耳持たない樹里(じゅり)は、元気よく俺の部屋から出て行った。

すっかり意識は覚醒し、とても二度寝は無理だった。俺はそのまま寝間着を脱ぎ捨てて、制服に着替えると、目をこすりつつリビングに下りた。

両親におはようと告げ、湯気の立つ朝食に手を付ける。

「ああ、もう、寝起きの悪い秀にぃに構っていたらこんな時間になっちゃったよ」

洗面所で髪を整え終えた樹里が、慌ただしく玄関へと向かう。

「はいはい、それは悪かったよ。でも、まだ始業まで時間はあるだろ？　そんな焦んなくても……」

「今日は朝練があるの！」

「だったら逆に遅すぎるだろ。寝坊したのか？　どうせ、また深夜までアイドルのＭＶでも見てたんだろうけどな」

「悪いっ？『スパスト』の新曲なんだから、チェックするのはファンとして当然でしょ！……相変わらずＭＶの朝美ちゃん、可愛かったなあ。も、もう一度見ちゃおっかな」

推している国民的アイドル友永朝美のことを思い出したのか、樹里はスマホを取り出そうとしている。

「おーい、遅れそうなんじゃないのか？」

「うぐ！　そうだった。うぅ、しかたない、これは朝練後のご褒美に取っておこう。んじゃ、行ってきまーす！」

朝っぱらからやかましい声と足音をあげながら、ようやく樹里が通学路へと向かった。

「ほら、秀渡も。はやく準備して学校行きなさい」

母親に急かされて、俺も慌てて朝食を平らげる。

2

朝日の眩しさに顔をしかめつつ自宅を出る。

テクテクと歩いていると、急にドンっと背中を叩かれた。つんのめる俺の真横を、見覚えのある女子生徒が駆け抜けていく。

「おっす、秀渡。校門まで競争な」

「はあ？　こらまて玲央奈！」

陸上部の玲央奈は、風のような速さで走り去る。急に売られた勝負だが、このまま不戦敗というのも気に食わず、俺は慌てて追いかける。だがその距離はほとんど埋まらない。これでも玲央奈は多少手加減してくれているんだろうが、それでもその背中に食らいつくのに必死だった。

なんとか意地を見せるべく走っていると、目の前に樹里と同じ中学の制服が現れたので、慌てて急ブレーキをかけた。

「あ、あの、湯上、先輩」

「き、君は、益田さん、だっけ？　樹里と同じクラスの。前に遊びに来てくれたよね」

「はい。覚えててくださって嬉しいです」

俯(うつむ)いていた益田(ますだ)さんの顔がぱあっと明るくなった。

「じゃーなー、秀渡(ひでと)！　その子とよろしくやってなー！」

俺が勝負放棄したと見なしたのか、玲央奈(れおな)が意気揚々と俺に手を振って、そのまま走り去った。あっという間に小さくなる玲央奈の背中を見送った益田さんが、申し訳なさそうな顔で俺に向き直る。

「ごめんなさい。追い駆けっこの途中でお邪魔してしまって」

「い、いやいや、まさか、そんなことしてないよ。ガキじゃあるまいし。それよりも、俺に何か用があったんじゃないの？」

「また今週の土曜日、樹里(じゅり)ちゃんとの勉強会でご自宅に遊びに行くので、手土産を用意しようと思っているんですけど、お紅茶とか嫌いではないですか？」

「そんな気を使わなくてもいいのに。ありがとう。紅茶好きだよ」

「よかったです！　それじゃあ、私の家でよく飲んでいる茶葉の詰め合わせを持っていきますね」

ああ、なんていい子なんだ。樹里と同い年とは思えないほどしっかりしていて、年上への配慮もできている。樹里にはお土産の紅茶の代わりに、この子の爪の垢(あか)を煎じて飲ませたいものだ。

益田さんと別れた後、その来訪を心待ちにしながら通学路を進む。高校の制服姿が目立ち始めた頃合いで、校舎が見えてきた。

「おはようございまーす」と教師陣が校門前に並んで挨拶をしていた。朝から元気なことだ。その中に、気怠そうな表情をした担任の女教師の姿があった。

「晶子先生、おはようございます。朝から大変っすね」

「朝からうっせーよ。挨拶すんな。今、二日酔いで頭が痛いんだ」

あなた、なんのためにそこに立ってるんですか？

不機嫌な先生の虎の尾を踏まないうちに、そそくさとその場を後にする。校舎に入り、下駄箱で靴を履き替えていると、ふいに背中から誰かに抱きしめられた。

「さーて、私は誰でしょう？」

「はいはい、陽菜乃先輩しかいないでしょ。もう何度目ですか、そのクイズ」

振り返ると、予想通り南陽菜乃先輩が立っていた。枝毛の一本もないストレートの黒髪ロングに、大粒だが切れ長の瞳。クールビューティが制服を着ているような人だ。この高校の生徒会長でもある。

俺はこの先輩から生徒会に入るように誘われているのだが、ずっと断り続けていた。そのせいで、毎日のようにこうして絡まれている。

断っている理由は特にない。生徒会に限らず、色々な部活から誘いが来ているのだが、どれもピンとこないので未だにどの部活や組織にも所属していない。自分のやりたいことや選択肢が色々あり過ぎて、逆に選べない状態になっている。

　こんな美人な先輩に身体を密着されて、以前はガチガチに緊張していた俺だが、人間とは慣れる生き物なので、今ではじゃれつく子犬を相手にするような気持ちで対処できた。

「ううむ、最近はこのやり取りもすっかりマンネリ気味になってしまったな。これではまるで倦怠期の夫婦のようだ。……マズいな、このままでは秀渡君が新しい刺激を求めて若い女に走ってしまうぞ。そしてドロドログズグズの多角関係に……」

　口元を右手で覆った先輩が、何やら真剣に考えこんでいる。

「いや走りませんし、そもそも倦怠期でも、夫婦でもないですし」

「はっ！　わ、私とのことは遊びだったというのか！　そ、そんな酷い！　ぐすん……」

　真っ白な両手で自分の顔を覆い、肩を震わせて泣いている素振りをする。

「朝から相変わらずですね、先輩。元気でいいことです」

　この手の先輩のからかいにすっかり慣れてしまったので、軽く笑って受け流した。

　俺をこれ以上弄べないと分かった先輩はすぐに手を下ろし、涙など一滴も流れていない顔で不満な表情を作る。

「むぅ。すぐにアワアワしていた昔の君の方が可愛かったぞ」

「それはすみませんでしたね。でも、俺だって成長しますから」

　先輩は形の良い唇をますます尖らせる。

「そういう余裕を見せるようになったのも、どうも気に食わない。毎日あれだけの女に囲まれているせいで、色々と耐性を付けてしまったんだろうな。通学途中にも見慣れない女が秀渡君を狙っていたし、……そろそろ数を減らしておこうか？　私の好きな秀渡君が戻ってくるように」

前髪で目元を隠した先輩が、ふふふと怪しげに笑った。

まーた、先輩ったらそんな冗談を。……冗談だよな？

先輩の様子は気になったが、そろそろ始業時間だ。

そのまま別れて、俺は自分の教室へと向かう。

ガラリと扉を開けると、いきなりクラスメイトの男子が迫ってきて、俺の肩を掴んだ。

「なあ、湯上！　聞いてくれよ！　いた、いたんだよ！」

「うわ、バカ！　顔近ぇよ！　…………んで、誰がいたんだ？」

とりあえず一発みぞおちを殴って大人しくさせてから、蹲ったそいつに話しかける。

「ぐ、……と、……とも、なが、朝美……」

腹を押さえながら絞り出すような声で告げたのは、国民的アイドルの名前だった。

「友永朝美って、……『スパスト』のか？　そういやお前の推しだったな。それがどうしたんだよ？　ライブなら興味ないから行かねえってこの前断ったろ」

「ち、違うんだ！　今朝、通学の途中で見たんだよ。高校のすぐ前の道で。ちょっと電柱に隠れてるみたいな感じで立ってたんだ！　あの友永朝美が！」

「そうなの？」

周りに集まってきた連中を見回してみたが、皆半笑いを浮かべている。

「そんなわけねえだろ、妄想だよ妄想」「いたら騒ぎになるに決まってるだろ」

しかし、朝美推しのクラスメイトだけは本気の表情を崩さない。

「ＳＮＳで朝美がこの近くの喫茶店でドラマの撮影してるって情報が載ってるんだ。だからこの近所に来てるのは間違いない！」

そう言って突き出したスマホには、盗み撮りしたと思われる写真が載っていた。テレビや雑誌でよく見る友永朝美の姿があり、彼女の写っている場所はここからそう遠くない場所にある喫茶店だ。オシャレで落ち着いた雰囲気なので、テスト試験期間前には一部の生徒が勉強に使っている。

「でも、この喫茶店、近所って言ってもそれなりに距離あるぞ。その写真の投稿時間って通学の時間帯だし、あの距離をそんなに早く移動できるとは思えないけどな」

俺が当然の疑問を口にする。

「いや、絶対にいたんだよ！　髪型はショートだったし、服装もちょっとイメージと違ったけど、なんかお忍びっぽくて。……声をかけようとしたら、すぐにどっかにいなくなっちまって……」

「友永朝美って髪長いイメージだったけど……」

「そうだよ、あのふわふわロングがトレードマークなんだよ！　けど、俺が見たのはそうじゃなくて……」

「この写真でもちゃんとロングのままじゃん。ドラマの撮影中にいきなりショートカットにはしないだろ、普通」

「いや、まあ、それはそうなんだけど」

段々勢いが弱まってくる。

それでもなお主張をしようとしたが、その前に担任の晶子先生が教室にやってきて、周囲を一喝した。こうなっては誰もが無駄話を打ち切って、蜘蛛の子を散らすように自席に戻るしかなかった。

「ほら、さっさと席につけ。今日のホームルームは連絡事項が多いから手早く済ませるぞ。まずは、転校生の紹介だ。入ってこい」

その呼びかけに応じて現れたのは、金色の髪を軽やかに揺らす、異国情緒の溢れる少女だった。教室の誰もが息を呑む中、彼女は宝石のような碧眼で俺たちを見回してから静かに微笑んだ。

「初めまして、エルダ・フォン・ノイマン、と申します。これまでは、プリンストン大学に通っていましたが、日本のサブカルチャーが好きだったので、我慢できずに大学を休学してこっちに転校してきちゃいました。皆さん、よろしく、お願いします」

流暢な日本語で自己紹介を終える。

俺たちと同い年かそれ以下にしか見えないのに大学に通ってたってことは、飛び級ってやつか？　しかもそれを捨てて、日本のこんな普通の高校に転校って……。

金髪碧眼美少女の登場というだけでもショック状態に陥っていた教室が、更なる情報量を与えられて完全にフリーズする。

そんな機能停止した教室の中でも、エルダはまるで外国のお姫様のように上品な笑みを浮かべていた。

こうして、いつものように、非日常的な日常が始まる。

3

今日も、瞬くように一日が過ぎて行った。

友人たちに囲まれたり、新しい出会いがあったり。輝かしい青春の一ページが綴られていく。こんな日々を退屈だと思うのは贅沢だ。何不自由のない、楽しくて明るい日常。未来になんの不安もない、これからもこんな世界が、流れる川のように止めどなく続いていくんだろうと、根拠はないけれど確信があった。

空が茜色に染まった放課後、俺は下校するために下駄箱に向かっていた。

「なあ、秀渡君、生徒会に寄って行かないか？　今日は他の生徒もいなくて、私と二人っきりで過ごせるチャンスだぞ」

隣には陽菜乃先輩が張り付き、甘えた声を出して俺を誘っている。

「勘弁してくださいよ。他の生徒がいないってことは俺に仕事押し付ける気満々じゃないですか」

「それは否定しないが、私は部下に仕事を押し付けたら一人で帰ってしまうようなブラック上司ではないぞ。ちゃんとつきっきりで、最後まで一緒にいてあげるから安心してくれ」

「生徒会とはなんの関係もない一般生徒に仕事を任せるのはブラックじゃないんですか？　とにかく、今日は勘弁してくださいよ、今度、手伝いますから。生徒会に俺以外の人手もある時に」

やんわりと断りながら下駄箱の前に立つ。さっさと靴を履き替えて、校舎から出てしまえばもう先輩も追って来られないだろう。

急いで靴を取り出そうとした手は、ピタリと止まった。

「まさか、こんな古典的な……」

中に紙切れが入っていた。

「うん、どうしたんだね？　……ほほう、これはこれは」

先輩が横から俺の下駄箱を覗き込むと、形の良い眉を跳ね上げて驚きを露にする。

「今時こんなラブレターの渡し方があるとはね。これは盲点だった。なるほど、倦怠期を解消するには、こういうベタな方法が意外とありだな。しかし、一体誰がこんなものを……。少なくとも今日一日、校内の女どもにそんな素振りは……。もしや、あの転校生の外国人か？　日本のサブカルチャー好きと言っていたしあり得るか？」

先輩が何やらブツブツ呟いているが、今の俺の耳には入らない。ちょっとドキドキしながら紙切れを取り出して、すぐに自分の勘違いが恥ずかしくなった。どう見てもラブレターではない。ただのいたずらだ。

下駄箱に入っていたのは、ルーズリーフを二つ折りにしただけの紙切れだった。こんな粗末なもので、自分の愛を語る人間はいないだろう。

中を開いてみると、手書きの一文だけがあった。

『最初に出会った場所』

「なんだこれ？」

いたずらにしても意味不明な内容。紙を逆さにしても、透かしても、それ以外の文章は見当たらない。

「また、先輩の仕業ですか？」と横目でジロリ。

しかし先輩は右の頬(ほお)を膨らませる。

「失敬な！　私がこれまで、こういう回りくどいやり口をしたことがあったかい？　私ならもっと直接的にアタックするよ」

それも尤(もっと)もだ。

「じゃあ誰が……」

俺の交友関係の中に該当する人物が思い当たらないので薄気味悪い。

「私の情報網にもこの筆跡と一致する人物はいないな」

どんな情報網を持っているのか気になるんですけど。

「もし君に思い当たる節が無く、恐怖を覚えるのならば、私から学校側に話してなんらかの対応を検討してもらうが、どうする？」

先輩が珍しく真面目(まじめ)な表情になった。この瞬間だけは間違いなく、我が校の頼れる生徒会長だった。いつもこうならいいのに。

「いえ、そこまで大げさにしなくて大丈夫ですよ。ありがとうございます」

心配させないように軽く笑って、ポケットに紙切れを突っ込んだ。

「ふむ。『最初に出会った場所』か。それは特定の人物なのか、あるいは出来事という考え方もある。いずれにせよ、これだけのヒントで答えを出すのは無謀だね。このいたずらを仕組んだ人物は何を考えているのかな。秀渡(ひでと)君に正解して欲しいという気持ちもあれば、何も気づかないで欲しいという思いもあるのかもしれない」

「それってどういうことですか?」

「さてね。私は出題者ではないから分からんよ。ただ一つ言えることは、単なるいたずらにしては内容が抽象的過ぎるから、きっと何かの意味はある、それだけは間違いないだろうね」

どれだけ頭を悩ませても答えは出なさそうなので、俺は先輩と別れて家路を目指した。

いつもの帰り道を歩いているうちに、いたずらの手紙のことなどすっかり忘れていた。

しかし、自宅の前に辿(たど)りついて玄関の扉を開けようとした時に、また見つけてしまった。扉の隙間に挟まれた二つ折りのルーズリーフを。

手に取り、開くとまたもや謎の一文。

『励まされた場所』

下駄箱(げたばこ)で受け取った紙切れの文章と見比べると、筆跡はピッタリ一致する。同じ人間の仕業のようだ。

謎の手紙の人物に自宅まで知られているという事実に全く恐怖を覚えないわけではなかったが、不思議と俺の心は落ち着いている。それどころか、この文章の意味を真面目(まじめ)に考える気持ちになっていた。

一番目の下駄箱の手紙は『最初に出会った場所』だった。そして二番目は自宅の玄関にあり『励まされた場所』とある。ということは、『最初に出会った場所』の答えが玄関ということなのか？

しかし、この玄関で最初に出会った人間って、誰がいる？

義妹(いもうと)の樹里(じゅり)、……との最初の出会いは祖父の葬儀の時だったな。じゃあ、違うな。他にいるのか？

『ほら、ちゃんと挨拶なさい』

その時、知らない記憶がフラッシュバックした。聞こえたのは母親の声だったが、この場所でそのようなことを言われた覚えはない。

もう一度、玄関の周りを見回す。

おぼろげに、二つのシルエットが見えてくる。玄関の前に二人の人間が立っている。一人は大人の女性で、その隣には当時の俺と同じくらいの背丈の少女。

……そんなことがあっただろうか。ダメだ、頭が霞(かす)みがかったように思い出せない。

俺は二枚目の手紙を読み直すことにする。

この『励まされた場所』ってどこだ？　俺が励ましたのか？　それとも俺が励まされたのか？　そのどちらも分からない。このクイズを作った奴(やつ)は回答者の立場を考えてないな。

とりあえず、励まされる場所と聞いて真っ先に思い付いた所へ向かおう。

俺は開きかけた玄関の扉を閉めると、自宅に背を向けて歩き出した。

4

励まされる、元気が出る、といったフレーズを聞いて思い浮かぶ場所をあちこちと歩いているうちに、ここまで来てしまった。

自宅から一番近くにある、とある施設。有名バンドやアイドルのライブホールとして重宝されている場所だ。つい先日も、国民的アイドルグループの『スーパーストリングス』のライブ会場として使用されたばかりだった。

俺はここに来るのは初めてだが、『スパスト』好きのクラスメイトから話は聞いていた。この会場で『スパスト』のライブに参加すると励まされる、としきりに熱弁していた。

今日は特にライブの予定は入っていないようで、施設周辺の人影はまばらだった。これが『スパスト』のライブ当日となると、凄まじい人の量になるのだから信じられない。あの熱量はどこから来るんだろう。

あの時集まったファンの大群衆が発する暑苦しさを思い出しただけで、汗が湧き出てくる。とは言え、そんなファンの熱気すら超えてくるのが『スパスト』のライブだ。会場内に響き渡る生の歌声に、圧巻のダンスパフォーマンス。見るもの全てを魅了して飲み込む、あの途轍もないエネルギーは保存則をも突き破っていた。

まぶたを閉じれば、いつだってライブが蘇る。『スパスト』の目も眩むような輝きと、その中心に立っている、友永あさ……。

……って、いやいや、俺は一度も『スパスト』のライブに行ったことないのに、何を思い出そうとしているんだ？　ああそうか、クラスメイトから当時の話を聞き過ぎて、自分も参加したような気分になっていたんだ。頭を切り替えよう。

しかし、クイズの答えがこの場所だったとして、あの紙切れはどこにあるんだろう。正面の入り口は広くて、二つ折りのルーズリーフを置いておくところなんかなさそうだ。

施設の周りを歩いていると、壁面に掲げられたポスターが目についた。フレームに入っているそのポスターは、『スパスト』のライブの告知だ。日付はもう過ぎている。先日のライブの時のものなので、スタッフが撤去し忘れたのだろう。

「やっぱ、目立つな。友永朝美」

ポスターの真ん中に映るのは、当然ながら友永朝美だ。

『スパスト』のメンバーはどれも綺麗な容姿だが、その中でも朝美は際立っている。小顔なのに目は大きく愛嬌があり、鼻や唇の形も整っている。美人と可愛いが両立していて、性格も太陽のように明るいので、性別と世代を超えた人気があるのも納得だ。テレビ、雑誌、ネットを問わず、顔を見ない日はない。

更に、先日公開された映画の『半世紀後ダイアリー』では、その抜群の演技力を全国に知らしめ、たかがアイドルと鼻で笑っていた映画評論家の鼻を明かした。

そんな完璧と思われる彼女でも弱さを見せたこともあった。彼女の可能性の中には、ライブに失敗して、そのままアイドルを辞めてしまったそんな世界だって……。あれ？

まただ、また知らない記憶が顔を覗かせる。しかも、相反する内容だ。友永朝美がライブで失敗する記憶もあれば、成功する記憶もある。

ますます混乱していく俺の意識。と同時に、ゴールに近づいている予感もあった。確実に前へと進んでいる。何があるのかも分からないけれど。

頬を叩いて気持ちを切り替える。

すると、ポスターの端に見慣れた紙切れがセロハンテープで貼られているのに気づく。この場所で正解だったようだ。

紙切れの中には、やはり謎の一文。

『始まった場所』

何が始まったのか、などと出題者にツッコむのはやめよう。このクイズの問題文が意図的に分かりにくく作られていることはもう分かった。真剣に答えを考えさせるつもりはない。俺が推論ではなく直観で正答を思いつくことを期待しているんだ。あるいは、それに賭けているのかもしれない。

だったら俺もウダウダ考えるのではなく、ひらめきを信じよう。

この一文を見て、とっさに思い付いた場所は。

5

「急に呼び出したと思ったら何それ？」

今、俺はバレー部のユニフォーム姿の樹里(じゅり)に怒られていた。場所は樹里の中学校の校門前。俺の母校でもある。

俺がスマホアプリのメッセージで呼び出した時、樹里は丁度部活中だったようで、首からスポーツタオルを垂らしながらやってきた。今も時折、タオルの端っこで額から流れる汗を拭いている。

「本当に悪い。ちょっとだけでいいからさ。これ、差し入れ」

買収用として持ってきたスポーツドリンクを渡す。

それを樹里は無言で奪い取るとゴクゴクと一気に飲み干す。あっという間に空にしてプラスチックごみを生成し、俺に押し付ける。

「じゃあ理由くらい教えてよ」

「それは、ほら、ちょっと懐かしくなったというか。OBとして後輩の指導というか。忘れ物を取りに来たというか」

「目が泳いでるんだけど」

どうしよう、説得力のある理由が全然思いつかない。

俺がいきなり卒業した中学にやってきて、部活中の樹里(じゅり)を呼び寄せたのは他でもない、次の俺の向かう先は、この中学だと思ったからだ。しかしすでに卒業している身なので、堂々と侵入するのはマズい。ということで、在校生である樹里の保護者として校舎内に入れてもらおうという魂胆だったのだ。

だが、謎の紙切れで呼び出されたから、などと義妹(いもうと)に話すわけにはいかない。さて、どうしたものだろう。

色々と頭を悩ませてはみたが、沈黙が続くばかりだった。

ついに、樹里が諦めたように溜息(ためいき)を吐(つ)いた。

「……はあ、分かった。部活が終わるまであと三十分くらいあるから、それまでは私を迎えに来た保護者ってことで居てもいいよ。担任の先生と顧問に私から伝えておく。でも、変なとこには入らないでよ。……女子トイレとか、女子更衣室とか」

「もちろん絶対にしない！　というか、俺がそんなことするって本気で思ってるのか？」

「冗談だってば。思ってないよ、当たり前でしょ」

頼むから目を逸(そ)らさないでくれ。

とにかく、こうして大義名分を得た俺は大手を振って、中学に侵入する。かつて三年間通っていた懐かしい学び舎だ。

ちょっとテンションが上がってしまったが、思い出に浸っている暇はない。

俺は記憶を頼りに階段を上っていく。

あれ、この階段ってこんなに低かったたっけ？　昔の感覚と現実がズレ過ぎて、思わず踏み外しそうになった。

俺の背丈や足が伸びたからと分かっているけど、世界が急に小さくなったような感覚に陥る。

そうか、俺、中学の時に比べてでっかくなったんだな。成長期だし、当たり前のことなんだけど。なんか、驚く。

これから、俺はもっと成長するんだろう。この前の健康診断でまた身長が伸びていた。今通っている高校も、大人になって同窓会の時に再訪したら窮屈に感じるのだろうか。自分の席に座って、こんな小さかったたっけって驚くんだろうか。

年を取るにつれて、俺を取り巻く世界はどんどん小さくなるんだろうか。今でも、時折窮屈さを感じることがあるのに、これ以上狭くなったら潰れてしまう。

これから俺は肉体的にはもちろん、精神的、経済的にも大人になっていく。いや、そうなりたいと思う。仕事をして給料を貰えるようになれば今まで買えなかった高価な品にも手が届くようになるし、大学に行けば専門的知識を学んで、これまで分からなかったことが分かるようになるんだろう。

だけど、そうなれば、ますます俺の世界は小さくなってしまう。出来ることが増えてくるということはそういうことだ。

ネットの記事で、宇宙は光よりも速く膨張していると読んだことがある。

でもそれは本当なんだろうか。

時が経つにつれて、俺の世界はどんどん狭くなっていくのに。

宇宙が膨張していくのとは正反対に、俺の世界は狭くなる。

それは、とても寂しいことのように思えた。

まるで人生の終着点に辿り着いてしまったような気持ちで、俺は屋上に続く扉の前に立っていた。

その扉のドアノブに手をかけて、ゆっくりと開く。錆びついた音を立てて、薄暗くなり始めた屋上への入り口が現れる。

その先には、彼女が待っていた。

そして、俺の脳裏で、無数の記憶が息を吹き返した。

『ずっと好きだった。俺と、付き合ってほしい』

俺が彼女に、最初にそう言ったのは、確かにこの中学の屋上だった。寒風吹きすさぶ屋外で告白なんて、どう考えても失敗だ。考えが足りなさすぎる。過去の自分を蹴り飛ばしたくなる。

うん、しっかりと黒歴史を思い出すことができたな。

鮮明に、とは言わないが、これまでの記憶が俺の中に戻ってくる。

俺が俺を取り戻して最初にやることは、これまで屋上でずっと待ってくれた彼女への謝罪だった。

「悪い、遅くなった」

「ううん、大丈夫だよ」

屋上のフェンスから町を一望していた彼女が振り返った。友永朝美だ。ライブ会場で見たポスターとは違い、ショートカットにしている。

つまり、先進世界の友永朝美だった。

そのことを、俺は知っていた。だが、それが疑問だった。

「どうして俺はこれまでの出来事を思い出せたんだ？　お前みたいにプリズムを持ってないから、時空改変の影響をモロに受けていたはずなのに……」

「これは、あくまで未来の『私』が話していた予想だけど、秀渡君は邦華のプリズムと適合していた時期があったから、免疫力みたいなものができているのかもしれないって。時空改変を完全には防げないけど、多少は抵抗できる力が」

正直、あいまいな理屈だが、プリズムの仕組みが分からない以上、そういうものだとして納得するしかない。愛とか精神力よりはまだ筋は通っているだろう。

「まあ、私もこのやり方で秀渡君が記憶を取り戻せるかは分からなかったけどね」

「だったら、もっとストレートに伝えてくれてもよかったのに。なんだよ、あの訳の分からない手紙は。俺がなんにも気づかないで、ゴミ箱にダンクシュートしている可能性だってあったんだぞ」

するとと先進世界の朝美は遠くを見る目をした。

「もし、秀渡君が気づかずに、この世界で満足するのならそれでもいいかなって思ったから。この場所に辿り着けなかったら、そのままにしようって決めたの」

基元世界に待ち受ける未来を知ってしまった俺に、先進世界の朝美がそうした選択を与えてくれたことは素直に感謝する。

だけど。

「それは俺を見くびり過ぎだ。一度は自己犠牲を払う覚悟をしてまで基元世界に戻そうとした俺だぞ、今更こんなまやかしの世界に未練はないよ」

「あはは、そうだったんだ。カッコいいね。私、余計なことしちゃったね」

「それで、邦華がどこにいるか知ってるか？」

俺がいくら記憶を取り戻したとしても、全ての元凶であるあの家出娘の問題を解決しなければこの事件は終わらない。

あいつは、もう俺の近くには現れないだろう。だったらこちらから探しに行くしかないのだが、なんの当てもなかった。唯一の望みは先進世界の朝美だったのだが、彼女も力なく首を横に振った。

「ごめん、私にも分からない。一応、近くを探してはみたんだけど」

「そうか。クソ、あいつどこに行ったんだ」

早く見つけ出さないと、あいつは自分の身体からプリズムを摘出して時空改変への耐性を手放し、自らを世界に収縮させてしまうだろう。

「たぶん、彼女も秀渡君の様子が気になっているだろうから、そんなに遠くには行ってないと思うんだけど……、とりあえず、二手に分かれて探そうか？　しらみつぶしに気になるところを回るしか手はないと思うけど」

結局は地道な捜索活動しかないか、と天を仰いだその時、屋上の門扉が開く錆びついた音が俺たちの耳朶を叩く。

現れたのは樹里だった。バレー部のユニフォームから制服に着替えて、エナメルバッグを担いでいるところを見ると、帰り支度を終えているようだ。

「あー、こんなとこにいたー！　探しちゃったじゃん！　もう部活も終わったから、一緒に校舎から出てかないと不審者として通報されちゃうよ？　って、あれ？」

樹里の視線が、先進世界の朝美に向く。

「あれ、どちら様？　というか、どこかで見たような」

うわ、またこのやり取りを繰り返す羽目になるのか。

さて、どうしよう？　もう一度、友永朝美の生き別れの姉って説明をするのか？　この樹里も友永朝美の大ファンだから、こんな作り話でも素直に信じてくれるだろう。けど、また家族との再会というネタで、本当の両親と死に別れた樹里の心をかき乱すのはやっぱり気分が悪い。湯上家に引き取られたばかりの荒れていた頃の樹里がどうしても思い浮かんでしまう。

両親を失って、世界中の不幸が我が身に降り注いだかのような表情で、失ってしまった思い出を幻視するようにかつての自宅を眺めていた、あの時の樹里が……。

その時、俺はある考えに至った。

一瞬だけ躊躇う。

また、樹里を責め立て、傷つける行為だと分かっていたから。

それでも、俺は口にした。

「なあ樹里。お前、うちに来たばかりの頃、よく家出してたよな」

「ええ！　なんでいきなり、そんな黒歴史の話を！　もう昔の話なんだから忘れてよ」

恥ずかしそうに頬を赤く染める。

「悪い、大事なことなんだ。教えてくれ。……家出しようと思った時、お前、何から逃げたいって思ってたんだ？　どこに行きたいって思った？」

　今の邦華の心情を一番理解できるとするなら、この樹里しかいない。樹里は血縁上俺の従妹になるわけで、邦華から見れば大叔母だ。そういう意味でも、樹里が邦華に一番近い位置にいる。

　樹里は困ったように視線をあちこちに彷徨わせたが、俺が引き下がることがないと悟ると、大きなため息一つをしてから口を割ってくれた。

「……そんなの、私だってよく分からないよ。……いきなり、お父さんもお母さんもいなくなっちゃって。……ずっと、どうして私にこんな酷いことが起きたんだろうって思ってた。他の誰かじゃなくて、なんで私なのかなって。私が神様を怒らせるような悪いことをしちゃって、その罰なのかなって考えたら、きっと私のせいでお父さんとお母さんが死んじゃったんだって考え込むようになっちゃって……」

　ぽつりぽつりと、心の内が語られた。

「お母さんのご飯を残しちゃったこと、お父さんの言いつけを守らなかったこと、自分のした悪いことのせいで、二人が死んじゃったんだって思ったら、ただ、どうしようもなく消えてしまいたかった。……別に自殺したいっていうほど具体的な考えじゃなくて、単純にこの世界から居なくなりたいって気持ち。私なんて、最初から存在しなければよかったのにって感じ。もちろん、生まれちゃったからには今更存在しなかったことには出来ないんだけど……」

心を過去へと回帰させる樹里の姿が、自然と邦華に重なって見えた。

だけど、過去の樹里と今の邦華で違うことがある。邦華には自分の存在を消し去る手段があったということだ。

樹里の瞳に、微かな涙が浮かんでいる。下まつ毛で堰き止められて、何とか零れないでいる涙滴。

それでも俺は、樹里の古傷を抉り出さないといけない。

「消えちゃいたいのに消えられなくて。色々な不幸に圧し潰されそうになっちゃって。それでも、自分を支えようと思ったら、幸せだった頃の記憶を思い出すしかないって考えたの。それを探したくて、湯上の家から逃げていた。……ごめんなさい」

「別に、謝らなくてもいい」

「うん、ありがと。……んで、色々と探し回って、辿り着いたのが、私の前のおうち、宮沢の家だったんだよね。今はもう自分の家じゃないって分かってても、やっぱり私の居場所だったから、どうしても見たくなっちゃった。そこが、私の一番の思い出だったから。少しでも、前に進む勇気が貰えればなって思って、それで、ずっと眺めてたの」

その時のことは、俺の記憶にも鮮明に残っていた。

あの、朝日が出る直前の幽霊のように、今にも溶けて消えてしまいそうな後ろ姿。

「辛いことを思い出させて悪かった。でも助かった」

何がなんだか分からないという顔をする樹里の頭を撫（な）でてから、後ろで待っていた先進世界の朝美（あさみ）に告げる。

「朝美。邦華は、たぶん俺の家……。今の俺の家じゃなくて、あいつが過ごした未来の俺の家にいる。この時間軸上では、まだ俺の家は存在してないが、消えようとしているあいつが最後に向かうとしたら、そこしかない」

「わ、分かった。一応住所は、未来の『私』から聞いてる。急ごう！」

「え、え、朝美って、もしかして？」

何かに気づきかけた樹里の脇を、先進世界の朝美が駆け抜けていく。あっという間に校舎の中へと消える。

さて、俺も追いかけないと。

「じゃあ、樹里。色々とありがとな。俺、ちょっとこれから行くところあるから、一緒には帰れない。気をつけてな」

そう言い残して、先進世界の朝美の後に続こうとした。

「ま、待ってよ、秀にぃ！」

ブレザーの裾を樹里に掴（つか）まれ、引き止められた。

失敗した。

強引にでも振り払えばよかった。ここで足を止めてしまったら、未練が出てしまう。そんなこと最初から分かっていたのに。俺の弱さが、ここで出てしまう。

「秀にぃは、何をしようとしてるの？　うちに、……湯上の家に帰ってくるの？」

やめてくれ。そんなこと聞かないでくれ。ずっと考えないようにしていたんだから。

「帰るさ、当たり前だろ」

「……ウソ、だよね？　バレバレだよ」

「………………」

何も言えない。

「ねえ、私、今日ずっと、なんか違和感があったの。楽しくて、いい一日なんだけど、でも違うような気がして、言葉では言い表せないんだけど……。さっき話したように、昔はすごく嫌なことがあったけど、でも、今は楽しい。それは間違いなくて……」

なぜ、彼女がそれに気づけたのか。きっと、理屈なんてものはない。

「………………帰ってくるよね？　秀にぃ」

その日を見て、俺は真実を話すことを決めた。辛い過去を思い出させたお詫びとして。でもそれは、またも樹里を傷つけることになる。それが分かっていても、真実を知らせようと思った。

「俺は、お前が待っている場所には、帰れない」

端的な言葉。その真意に気づけるはずもない。

「………どうして？」

ああ、邦華（くにか）のクソったれ。あのバカ娘！　俺の持っている全ての語彙を総動員してもまだ罵り足りない。

俺を邪魔するために、とんでもない兵器を用意してやがった。俺を絡め捕り、動きを封じるための、この楽園のようで拷問のような世界が、あいつの最終兵器だった。

樹里は何も悪くない。

なのに、切り捨てないと俺は前に進めない。

小さく息を吸い、言葉のナイフを振るう。その行為は、樹里だけではなく、俺自身すら傷つける。

「それは、お前が、俺の義妹（いもうと）じゃないからだ」

「………」

樹里の瞳の中で光彩が揺れ動く。

「そもそもこの世界は間違ってるんだ。お前は俺の義妹にはならない。というか、お前の両親はちゃんと生きていて、家族三人揃（そろ）って幸せに暮らしている。それが正しい世界なんだ。俺はその本当の世界を取り戻そうとしているだけだ。だから安心しろ」

一息に説明する。全てを理解できなくてもいい。ただ、ほんの少しだけ、俺の制服を引っ張る手を緩めてくれればいい。……なあ、頼む。

「あはは、なにそれ」

そうだよな、信じられないよな。ドン引きしたか？　義兄がおかしくなったと思っただろ？　だったら、ほら、もう放してくれ。

「それならそうだって早く言ってくれればよかったのに」

「まさか、お前、信じたのか？」

「だってウソじゃないでしょ、今の言葉。一つ屋根の下で暮らしていたんだから、それくらい分かるよ」

「…………」

物分かりが良すぎて言葉に詰まる。

「あんまり詳しい事情は分からないけどさ、昔の私の話を掘り返したってことは、今、私と似たような事情で悩んでいる子がいるんだよね？　だったら、早くその子のところに行ってあげて。あ、引き止めちゃって、ごめんね」

あっさりと、制服の裾が放される。ようやく自由になったのに俺の足はなかなか動き出さない。

「じゅ、樹里、あの」

「ぐずぐずしないでさっさと行く！」

樹里がエナメルバッグを俺の背中に叩きつけて、強引にその場から押し出した。固まっていた足が動き出す。

もう一度、樹里の顔を見る。肝心なところだというのに、地平線に沈む直前の夕日が、最後に放つ輝きが逆光になっていて、よく見えなかった。

でも、もしかしたら、泣いていたのかもしれない。

「……じゃあな」

もうぐずぐずしていられない。俺は、やっと背を向けて走り出すことができた。

「ばいばい。秀にぃの義妹になれて、よかったよ」

最後に聞こえた、ある意味で呪いのような別れのセリフは聞こえなかったフリをした。

だが、永遠に俺の耳から消えないことは確かだった。

6

「急ごう。未来の俺んちの住所、教えてくれ」

階段の踊り場で、先進世界の朝美が俺を待っていた。彼女は何か言いたげだったが、先に俺の方から話を切り出す。先進世界の朝美は口元まで出かかった言葉を飲み込むように喉を鳴らし、代わりにとある住所を告げた。

スマホの地図アプリで検索する。ここから走って三十分ほどの距離にある、小さな児童公園が出た。小高い場所にあって眺めがよいのだが、近年の少子高齢化によって訪れる人はほとんど居なくなっていると聞いたことがある。未来ではここが整備されて、住宅地になっているようだ。

中学の校舎を飛び出し、校門を突っ切って、スマホの地図に表示された最短ルートを辿っていく。

「ねえ、秀渡君、本当にいいの？」

俺の背後を走る先進世界の朝美が、決意を鈍らせるようなことを聞く。

答えるつもりはない。

これが俺の選んだことだ。今更撤回も後悔もしない。このむしゃくしゃした感情は全部、身体を動かすためのエネルギーに変換してやる。

俺の家までのルートをもう一度確認しようと、片手に持っていたスマホに視線を落とした時、まるで図ったようなタイミングで着信の通知画面に切り替わった。相手は、南陽菜乃となっている。

無視しようかと一瞬迷ったが、そんなことをすれば、先輩のことだから余計面倒なことになるだろう。仕方なく電話に応じる。だが足は止めない。

「もしもし？」

『やあ、秀渡君か？　あの手紙の一件がどうしても気になってしまってね。その後はどうかな？　何か変なことは起こっていないかい？』

はい起こりまくりですよ、という返答を堪える。

「ええ大丈夫です。あのクイズも解けました。昔の知人からのサプライズだったみたいです。ご心配をおかけしてすみませんでした」

『そうだったのか、ならばよかった』

先輩が安堵して答えた時、電話の向こうから高校のチャイムの音が聞こえた。

「あれ、先輩はまだ学校に残っているんですか？」

『うん、生徒会の仕事がいくつかあってね。運の悪いことに、今日は私以外の役員に予定があって、こうして一人で残業する羽目になってしまったんだよ。……誰かさんが誘いを断らなければ、もう少し楽だったのにな』

「あ！　す、すみませんでした。生徒会の仕事、手伝えなくて」

『ふふ。冗談だ。気にしていないよ。……私は早く帰っても、誰もいない家で一人過ごすだけなのだから、こうして学校で仕事をしている方が気が紛れるというものだ。好きでやっているんだ』

そう言えば、先輩の家庭はなかなか複雑な事情を持っていたことを思い出す。先輩の両親は娘への関心が低く、親子の愛情というよりも契約で結びついた関係だ。とある世界の先輩はそのせいで精神に異常をきたし、偏執的に愛情を求めるようになっていた。

「先輩、親子関係ってなんだと思います？」

『なんだ？　急に難しい質問をするね』

「すみません、ちょっと悩んでて、誰かに人生相談をしたかったんです。先輩なら、何か分かるかなって……」

『秀渡君も知っていると思うが、私の一家は世間一般の家族とは違うから、的確なアドバイスができるか分からないぞ』

「それは構わないです。俺のところも普通の家族とはちょっとズレてるんで、むしろありがたいです」

これから、未来の自分の娘を説得しなければならないというのに、俺の手持ちにはそのための武器が全くない。せめて先輩から何かを得られればと思った。

『そうなのか？　君がそこまで言うなら構わないが……。といっても、私にも語れるようなことはあまりない。両親ともに家庭よりも自分の幸福を第一に考える人間だった。だからこそ社会的に成功を収めているのかもしれないが、人の親として正しい姿とは世間的には言えないだろう。どんな人間にも多様な選択肢が与えられているが、絶対に選べないのが自分の親だ。こればっかりは受け入れるしかない』

「なんか、……冷めてますね」

『諦めの境地だな。昔は寂しい思いもしたが、今は慣れてしまった。誤解がないように言っておくが、別に両親のことは嫌いではない。ここまで育ててもらって感謝している。……ただ、親子とはいえ別の人間だということを、私は理解したんだ。だから両親に過度に依存することも過剰に突き放すこともやめて、最も身近な他人として尊重することにした』

「他人、ですか？」

『遺伝的、社会的な繋がりがあったとしても、私と両親は違う存在だ。仮に、両親が私のことを溺愛していたとしよう。そして、私が取り返しのつかない失敗をしたとする。きっと両親は私に同情してくれるだろう、だからといって、彼らが私の失敗を代わりに引き受けることはできない。私が下した選択の責任は、私自身の人生で受け止めるしかないんだ』

先輩の言葉は続く。

『無論、親子の間の普遍的な愛情を否定しているわけじゃない。それ自体はとても尊いものだと思うよ。だが、親だってただの人間だ。間違えもするし失敗もする。愛する両親を信頼しあらゆる選択を委ねるというのも一つの選択肢だろう。だが、もし両親の言うことが誤りだったら？　そのせいで自分の人生に悪影響が出たら？　そうなれば、両親への愛情は簡単に憎悪に変わってしまう。それはあまりに悲しいことじゃないか』

それはきっと、親子関係だけじゃなく、ありとあらゆる人間関係にも当てはまるような気がした。

友人、仲間、恋人、夫婦。

人間の選択肢と同じくらい様々な結びつきがある。そんな相対的な世界で俺たちは生きている。

「先輩は、親子関係、……というか、人間関係において何が重要だと思いますか？」

こんな疑問に、明確な答えを出せる人間などいるのだろうか。

それでも俺は知りたかった。

自分なりの答えを見つけて、あいつに届けないといけないと思った。

先輩は少しだけ悩んでいるような沈黙をした後、逃げずに答えてくれた。

『……誰かを愛する、誰かを信頼する、誰かに託す、誰かに委ねる、そうした行為も自分で決めた選択の一つだと忘れないこと、……かな』

「なるほど、よく分かりました」

『さて、少しは参考になったかな？』

先輩が照れ臭そうに言った。まだ高校生の分際で偉そうなことをあれこれ語ったのが、今になって恥ずかしくなったのかもしれない。電話越しなので、赤面する先輩の様子が見えないのが実に残念だった。

「はい、とても助かりました」

『君がこれから何をしようとしているのか、私には分からない。だが、私は君を信じている。だから例え誰がなんと言おうと、私は君の選択を支持しよう。それが私の選択だ、後悔しないよ』

「──っ」

言葉に詰まる。

無条件の信頼が重かった。でもありがたく受け取ろう。

これから俺がすることを、先輩が肯定してくれた。肩に乗っていた重圧が少しだけ軽くなった。

「はい、ありがとう、ございます」

『では、そろそろ通話を切るよ。……約束、忘れないでくれよ』

そうして、先輩の言葉は終わった。

俺が先輩とした約束？　今度は生徒会の仕事を手伝うというやつか？

それとも。

『一つだけ、約束をしてくれ。……どうか、元の世界でも、私と仲良くしてほしい』

今はないはずの並行世界で交わした、あの約束のことだろうか。だとしたら、覚えているはずがないのだが……。

いや、これ以上考えても意味はない。やめよう。

先輩が俺の選択を肯定してくれた、それだけで俺が前に進む理由としては十分だから。

7

すでに日は暮れている。夕焼け空は消えて、紺色に染まっていた。日の入りした後に、僅かな時間帯だけ発生する青の世界。ブルーアワー。邦華(くにか)の髪の色にも似たそんな空の下を、俺たちは走っていた。

道の途中で、突然先進世界の朝美(あさみ)が足を止める。疲労困憊(ひろうこんぱい)でもう走れないという表情ではなく、悩み抜いた末に自分の中の答えにようやく辿(たど)り着いたような、そんな晴れ晴れとした顔をしている。

「ど、どうした？」

「秀渡(ひでと)君。やっぱり、このままじゃ足りないよ。あの子を説得するには」

「いきなり何を言ってんだ？　大丈夫だって。未来の俺や朝美から事情を聴いたし、樹里(じゅり)や陽菜乃(ひなの)先輩からも教えてもらって、あいつに伝えなきゃいけないことが、ようやく分かったんだ。だから、それを全部、あいつにぶつけてやれば、きっと……」

「それでも、まだ、ダメだと思う。秀渡君の言葉だけじゃ」

「じゃあ、誰が必要なんだよ？」

「……『私』。この時代の『私』が、欠けていると思う。あの子を説得するなら、父親である秀渡君と、母親である『私』が揃っていないと足りないよ」

「確かに、そうかもしれないが、今更、こっちの世界の友永朝美を連れてくるのは無理だろ。この街のどっかにいるらしいけど、国民的アイドルのあいつに事情を説明して邦華のところまで引っ張ってくるなんて時間がなさすぎる」

「私、これから行ってくる。この世界の『私』を連れてくるから。秀渡君は先に邦華のところに向かってて」

「でも、その役割はお前じゃなくても……」

そう言いかけたが、先進世界の朝美は首を左右に振る。

「ここにいる私じゃダメだよ。私は、邦華の母親である未来の友永朝美からはあまりに遠すぎる存在だもん。もっと彼女に近いところにいる友永朝美が必要。つまり、この世界にいる『私』が……」

そう自嘲する先進世界の朝美の笑顔は、あまりにも悲しみに満ちている。邦華の母親の役割を担えない自分を卑下するようだった。

「でも、この世界の友永朝美を見つけられるのか？　だってアイドルだぞ？」

「うん。まだこの街の喫茶店でドラマ撮影してるって情報がさっきＳＮＳに上がってたから、そこに行けば会えるはず」

「だけど、この世界のあいつは時空改変に巻き込まれてる。お前が直々に話をしても、俺みたいにちゃんと記憶を取り戻せるかどうかは……」

「それについても、ちゃんと考えてあるから。……迷ったけど。でもこれしかないから」

俺の顔をまっすぐに見つめる先進世界の朝美。

嫌な予感が頭を過り、制止しようとした。

だがそれよりも早く、先進世界の朝美は呪文を唱えた。俺が初めて聞く、その魔法の言葉。全てを終わらせる、滅びの呪文だと悟った。


「音声認証。『強制終了コード・465281』」


そうして、先進世界の朝美の胸からプリズムが排出された。いつものように光り輝くことはなく、使い終えた電池が取り出されるようなあっけなさで、先進世界の朝美の肉体からプリズムが飛び出して、俺の足元に転がった。

それは、先進世界の朝美が並行世界を活動するための宇宙服のはずだった。すでに存在しない先進世界で発生した彼女にとっては、それは唯一の命綱。それを自ら手放したということは……。

世界は、無慈悲に、先進世界の朝美を捉える。

存在してはならない、もう一人の友永朝美。これまでずっと隠されていた宇宙のバグがついに発見され、直ちに駆除が始まった。

「……あ、朝美？……」

彼女の身体が透け始める。指先から、つま先から、彼女の存在が解けていく。肉体を構成する細胞から、元素から、素粒子から、あるいはまだ人類が発見していない物質の最小単位から、彼女は崩れていく。

それは俺が今まで見てきた、並行世界の『俺』が収縮される光景と同じだった。

「お前、それって、プリズムの解除コード？　なんで？　知らなかったんじゃ……」

「未来の『私』から、教えてもらったの。そして未来の『私』は、かつてこの私から教えてもらったって言ってた。つまり、私がこれから教えることになるわけ。……あはは、不思議だよね。誰も知らないはずのこのコードの情報が、過去と未来をぐるぐると巡り巡っているんだから」

「そんな、そんな、こと」

ダメだ、言葉にならない。なんて言えばいいんだ。

俺は、ずっと考えないようにしていた。基元世界を取り戻すってことは、つまり、先進世界の朝美を消去するってことだって、分かっていたのに。

いや、どこか楽観があった。先進世界の朝美が今後もプリズムを所有し続けていれば、基元世界に戻っても彼女は存在できるんじゃないか。基元世界の友永朝美とは別の人間として、これからも生きていけるんじゃないかって、そんな甘い考えがあった。

でも、それは許されなかった。

宇宙は無慈悲だった。矛盾を見逃さなかった。人間のささやかな願いなど気にも留めずに、全ての辻褄を合わせようとしていた。

「泣かないで、秀渡君。これは、私にとって嬉しいことなんだから。……本当なら夢幻に過ぎない私という存在が、過去と未来を繋ぐ架け橋になれたんだよ？」

少しずつ、先進世界の朝美の姿が薄れていく。日が落ちた薄暗い空の下では、彼女がどんな表情をしているのかさえ、分からなかった。

「これで、私は永遠の存在になる。……過去と未来、世界と世界を循環するシステムの一部になる。……だから、これで、いいの」

消えゆく彼女に、俺は何を伝えればいい。

感謝か、謝罪か。

そのどちらも、俺の口から出てこない。

……なぜ、犠牲になるのが彼女たちなのか。

樹里、先輩、先進世界の朝美。それ以外にも、並行世界に存在していたたくさんの人たち。それらを犠牲にしないと前に進めないなんて、残酷過ぎないか。

それに比べたら、かつての俺の自己犠牲とはなんて安いものだったのか。自分を捨てることは実に安易で簡単な行為なのだと、今、初めて知った。

「ほら、早く行きなよ、秀渡君。私は、後からちゃんと追いかけるよ」

俺は、背を向けた。

彼女の選択を、無駄にしないために。

「待ってる」

最後に、それだけ告げて走り出す。

8

「はーい、では一旦撮影ストップして、一時間休憩入りまーす」

現場にアシスタントディレクターの声が響き渡ると、張り詰めた空気が一斉に緩んで、スタッフが集まってきた。演者たちは水分補給し、スタッフは動かした小道具などを元の位置に戻したりと、色々な人の手で現場が修復されていく。

そんな中、私は共演者やスタッフの人たちに頭を下げる。

「本当にごめんなさい、ちょっとめまいがしちゃって」

「いいのいいの。朝美ちゃん、今日はほとんど撮影だったんでしょ？　そりゃあ、疲れるに決まってるよ。むしろ、私も休憩貰えてラッキーみたいな」

共演相手の大物女優さんが明るい笑みを見せてくれたので救われた気持ちになる。

撮影中、私が突然のめまいに襲われて、セリフを飛ばしてしまったのだ。私の体調を気遣ってくれた監督の一言で、こうして休憩時間を用意してもらうことになった。

「朝美ちゃんが現場でぼうっとするなんて珍しいわね」

マネージャーさんから差し出されたミネラルウォーターを受け取り、喉に流し込む。

「すみませんでした。自分でも気づかないうちに疲れが溜まっていたのかもしれません」

今回の仕事は、『半世紀後ダイアリー』を見て私の演技に興味を持ってくれたプロデューサーからのオファーで、人気ドラマの脇役だった。一話限りの端役だけど、アイドルが出演させてもらえることはほとんどない。とても貴重な機会だ。そのせいで、変に緊張していたんだろう。

いつもはめまいくらいでセリフを飛ばすことなんてないのに、さっきのは何か変だった。めまいの瞬間、まるで一瞬の夢を見ているような感覚だった。違う自分の人生を追体験したような感じ。それでつい意識を取られてしまった。

「今日は朝から撮影しっぱなしだもの、疲れるのも仕方ないわ。それに、ギャラリーも多いしね。あんまり焦らないで、リラックスしなさい」

マネージャーさんがちらりと視線を投げかけたのは、撮影現場として使わせてもらっている喫茶店のオープンテラスを取り囲む人だかり。ネットの噂話とは早いもので、ここで撮影しているという話があっという間に広がって、こうして野次馬が出来ている。

私が視線を向けると、集まっていた人込みから歓声が上がる。

「きゃあ、こっち見た」「やっぱり可愛いぃ。顔ちっちゃーい」

とりあえず、にこりと笑ってサービス。

私なんかのために、こうして応援に駆けつけてくれる。その声援がありがたい。

またも盛り上がる人だかりに、スタッフの鋭い声が走る。

「すみませーん、写真撮影はご遠慮くださーい。また、通行の邪魔になるため、長時間立ち止まらないでくださーい」

そうしてスタッフの誘導によって、ぞろぞろと人がはけていく。そうして、また新しい野次馬が集まってくる。まるで遊園地の人気アトラクションの列みたいな流れだった。

さて、皆が見に来てくれているんだから、これ以上カッコ悪い姿は見せられないな。今度こそ、しっかりと演技しなくちゃ。

ぺちぺちと頬を叩いて気合を入れ直したその時、集まった人々の中に立っている、一人の女の子に目が釘付けになった。

その場にいる誰も気づいていない。たぶん、皆、私に注目しているから、その子に注意がいってないいんだ。

でも、私は気付いてしまった。

「…………え、私？」

最初は幻覚だと思って目をこすった。だって、その子の姿は半透明で、幽霊みたいだったから。髪型もショートカットにしている。でも、もう一度目を凝らしても、そこに立っていた。姿は薄れていても、間違いなくそこに存在している、自分の生霊。

もう一人の自分と、目が合う。

「…………」

私そっくりの唇が動いている。数メートルほど距離があって、声は聞こえない。

でも、なぜか理解できてしまった。

――秀渡君をよろしく。

そう言っていた。

その瞬間、私は『私』を収縮した。『私』がこれまで蓄えてきた全ての情報が、私に流れ込んでくる。まるで雷に打たれたような衝撃だった。『私』が感じたこと、経験したこと、考えていたこと、想っていたこと、その何もかもが私と同期される。私の思考と心をぐちゃぐちゃにされる。受け止めきれない情報が、涙となって溢れてくる。

基元世界のこと、『私』が廻った並行世界のこと、先進世界と湯上の戦いのこと、そして一度私たち自身が出会って互いを罵り合った時のことまで、今の私は知ってしまった。自分がいかに無知だったのか。それを突きつけられた。

……ごめん。ごめんなさい、『私』。

あなたが、こんなにも頑張ってくれたのに。私と湯上のために、あなたは自分の存在まで投げ打ってくれたのに。私はもう、あなたに何も返せない。今更、もう遅すぎる。

滂沱の涙は止まらない。

後悔に心が圧し潰されそうだった。

絶望の暗闇の中で、彼女の声が響く。

「私は、これからもあなたの傍にいる。だから、私たちは二人で、……無数の可能性の私たちで『友永朝美』なの。さあ、今は、彼の元に行ってあげて」

それが、私に収縮された彼女の人格の断末魔だと理解できた。

分かった。分かったよ。ごめんなさい。

私、選ぶよ。ちゃんと。あなたたちの分まで。

そうして、私は目元を拭う。

すると、マネージャーさんが真っ青な顔で私を覗き込んでいた。

「あ、朝美ちゃん、大丈夫？　急に泣き出してどうしたの？　も、もしかして体調が悪いの？　監督さんに行って、今日の撮影は終わりに……」

「すみません！　私は大丈夫です！」

勢いよくそう言って、立ち上がる。

「それと、出かけてきます！」

「え、ええ？　ど、どこに？」

「気分転換です。休憩時間が終わるまでには戻ってきますから！」

「だけど、そんな」

申し訳ないけど、マネージャーさんの許可を取っている場合じゃない。未来の娘の危機なんだ。ぺこりと謝罪の一礼をしてから、現場のオープンテラスから飛び出した。

「うわあ！　朝美ちゃんがこっち来たぁ！」「うぉお、握手握手！」「サイン欲しいです！」

あっという間に群衆に取り囲まれて、行く手を塞がれる。悪意のない表情で、私に握手とサインをねだってくる。

この時、私は生まれて初めてファンの目の前で、アイドルの顔を脱ぎ捨てた。


「――退いて！」

これまでどんな演技の時にも出してこなかった、腹の奥底から放った力強い声。

後でなんと言われようが、気にならなかった。

だが、その本気の姿勢が功を奏したみたい。サービス精神旺盛の、神対応の化身とも言われたこの友永朝美が放った言葉に、誰もが唖然としてまるで停滞フィールドの中にいるみたいに固まっていた。そのおかげで、私は壁となっていた群衆を掻き分けて、脱出することができた。

さあ、足を止めずに、このまま今すぐ湯上のところへ行こう。

行き先は、もう一人の私が導いてくれる。

9

この児童公園に、特に思い出はない。

小高い場所にあって比較的眺望がいいということは知っている。だが、地元民の間だけで伝わっている話だから観光名所というほどの場所ではないし、設置された遊具は滑り台とジャングルジムだけなので近所の子供にも不人気だった。そのくせちょっと高い場所にあるから、それなりに勾配のある坂をえっちらおっちら登らなくてはならない。

ということで、俺も名前くらいしか知らなかった。もしかしたら幼い頃に朝美と来たことがあったのかもしれないが、記憶に残っていないのだから、大したイベントも起きなかったんだろう。

でももしかしたら、ここが大事な思い出の場所だ、という人もいるかもしれない。他人から見ればなんてことのないありふれた場所も、その人にとっては大切な場所となることもある。角度を変えれば見方が変わるように。

今の俺にとっては、この公園は思い出ではない場所だが、いつかは大切な居場所になるかもしれない。そして、彼女にとっては、すでに思い出の場所である。あくまで位置が該当しているだけで、この時間軸上にはまだ存在していないわけだが。

ただでさえの地味スポットで、しかも日が暮れて暗くなった時間帯なので人気(ひとけ)は全くなかった。

「こ、来ないでよ！」

ジャングルジムの上に座って街明かりを眺めていた大平邦華(おおだいらくにか)は、俺がやってきたことに気づくと、慌てて袖口で目元を擦(こす)った。そして、赤くなった目でキッと睨(にら)みつける。

その視線を浴びながら、俺は公園の中に足を踏み入れた。

「ふーん、ここに俺のマイホームが建つわけか……。眺めは悪くないけど、駅やスーパーからはちょっと遠いし、立地的には中途半端だよな」

未来で見た間取りを思い出しながら、頭の中でこの公園に自分の家を建ててみた。まあ立地はともかく、悪い家ではないと思う。俺にしては頑張った方だ。

「先輩くん、思い出しちゃったの？　だったら、せめて忘れたフリをしていればよかったのに。そうすればこの世界で、いつまでも幸せに……」

「つーか、なんだよこの世界。朝のあのハーレム展開はどういうことだ？　お前、俺があれに大喜びして、この世界に居続けることを選ぶと思ったのか？　だとしたら、男を見くびり過ぎてるぞ」

俺の指摘に、邦華は恥ずかしそうに顔を逸らした。

「……この時代で、年頃の男の子が好む要素をリサーチしたら、ああいうのばかりだったんだけど……」

「ラノベと漫画の読み過ぎだ。情報源かなり偏ってるぞ」

ここは全男性の名誉のためにも否定しておく。娘の男性観が色々と心配だ。

「う、うるさい！　今更どうでもいいでしょ！　もう何かも終わりなんだから！　先輩くんはこの世界でいつまでも楽しくやってればいいの！」

ジャングルジムの上からやかましい声を放っている。

「お前はどうするつもりなんだ？」

「知ってるくせに。お母さんから聞いてるでしょ？」

「まあな」

邦華の事情を俺に説明したのは、未来の朝美ではなく疑似人格ＡＩの俺だったのだが、まあどちらにしても違いはない。

　これから邦華は、先進世界の朝美がやったように、プリズムの機能を停止させて時空改変の耐性力を失うつもりだ。ただ、この世界には収縮先の大平邦華は存在しない。邦華の記憶を引き継ぐ相手がいないので、彼女は綺麗さっぱり消えてなくなるだろう。

「アイドルとしてデビューすらしていないのに諦めんのか？」

　上を向きながら投げかけると、逃げるように邦華は顔を逸らす。

「もうどうでもいいよ、そんなの。バカな夢だった。……あたしなんかが、お母さんに追いつこうとしたのが間違いだったんだよ。届くはずもないのに太陽を追いかけている、間抜けなひまわりと一緒なの」

　太陽、ね。

　俺も、朝美を太陽だと昔から思っていた。明るくて眩しくて神々しい存在だ。それは今も同じだ。もしかしたら、大人になっても俺は同じようことを言っていて、それを聞かされたから邦華がこのように育ったのかもしれない。

　そう考えると、朝美に対する過剰なまでの憧憬を植え付けたのは、俺の責任ってことになる。

　太陽とひまわり。まさに、天と地の違いがある。

　邦華が自分を卑下するのも分かる。

だけど。

「太陽は眩し過ぎて直視できないけど、ひまわりには触れられるだろ？」

「…………………」

あれ、せっかく上手いこと言ったのに無反応かよ。おかしいな、会心のセリフだったのに、全然響いてないぞ。

クソ、気の利いた一言でバシッと説得したかったのに。

「それにほら、太陽は凄い距離あるけど、ひまわりはすぐ身近にあるし。太陽は生命が生きていくのに欠かせないけど、ひまわりだって、ほら、種とか美味しいし、油も採れるから生活に必要だし、なんかこう、……すごいだろ！」

「太陽とひまわりはただの比喩なんだけど、バカじゃないの？」

頭をフル回転させて続く言葉を探した俺の頑張りが全部ひっくり返される。

容赦ない言葉と視線が俺の胸を貫く。ハイライトを失った瞳の放つ冷気は、まるでホッキョクグマですら尻尾を巻いて逃げ出すほどの凍てつくブリザードだった。思わず、ごめんなさいって謝りそうになってしまう。

俺に実の娘だとバレたからか、邦華はもう完全に開き直っており、父親に向けるような冷たい態度を隠そうともしない。俺のことを先輩くんとかいう間抜けな呼び方をしていた時の雰囲気は完全に消え失せていた。

思春期の娘を持つ全国のお父さんは、いつもこの居たたまれない空気と戦っているんだなぁと、身に染みて理解した。まさかこの年で知ることになるとは思わなかったけれど。

しかし、邦華（くにか）ってつくづく俺に似てるよ。また怒られるに決まっているから、このことは口には出せないけど。認めざるを得ない、こいつは間違いなく、未来の俺の娘だ。

朝美（あさみ）に対して憧れがあって、コンプレックスを持っていて、自分とは途轍（とてつ）もない差があると分かっていながらも、彼女と釣り合えるようになりたいと思ってしまう。そして、現実を知って傷つく。

その姿は、まさにいつかの俺だ。本当にそっくりだ。外見は朝美の遺伝の方が大きいが、内面に関しては俺の遺伝が大部分を占めている。

俺と邦華で唯一違うのは、朝美との関係性だ。俺が異性の幼なじみで、邦華が娘だったということ。

俺が邦華を完全に理解してやれないのは、その違いがあるからだ。

異性の幼なじみと母親。

たぶん、俺の方が朝美へのコンプレックス度合いは低かったはずだ。性別の違いがあったから、あいつと対等な自分になりたいとは思っても、あいつに自分を重ね合わせるようなことはしなかったから。

でも、邦華は違う。同じ女性で、そして娘だ。若い頃の朝美の活躍を、自分の姿に置き換えたことは何度もあっただろう。俺よりも朝美に近しい存在だった。だからこそ、現実の違いが際立って、邦華を追い詰めた。

「……もう話したいことは終わり？」

黙り込んだ俺を邦華が煽った。

「別に終わってない。ただ、少し、夜明けを待っているだけだ」

今の邦華に、俺一人の言葉など届かないことは分かっている。

俺は深呼吸を一つして、視線を公園から見える景色に移す。

すでに街は夜の闇に包みこまれ、街頭や家々の団らんの光がポツポツと輝いている。それは頭上の星空と対になるような、眼下に広がる星の海だ。俺たちのいる児童公園が、まるで上下二つの宇宙に挟み込まれているようだ。……初めて来たけど、噂通りの良い眺めだ。

「夜明けを待っているってどういう意味？　さっき日が沈んだばかりだけど」

「……」

俺が返答しなかったので、邦華は馬鹿にされたと思ったんだろう。顔を赤くして怒鳴った。

「あっそう！　先輩くんのつまんない冗談にはもう付き合ってらんない！　さようなら！」

そうして、彼女は呪文を口にしようとする。

だけど、それよりも先に、地上に太陽が現れた。

「湯上ぃいいいいいい！」

振り返らなくても分かった。

幼なじみとしてこれまでに十何年と聞いた声だし、これから何十年と聞くことになる声だから。

「はあ、はあ。ああ、しんど。こんなに走ったの、久しぶりかも」

きっと、ここまで全速力で走ってきたんだろう。俺の隣に駆け寄ってきた友永朝美は両膝に手をつくと、荒々しく肩で息をしていた。それでもトレードマークのセミロングヘアは、晴天の日に干したマザーグースの羽毛布団よりもふわふわさを保っている。

疲労困憊状態の朝美だったが、その場で静かに深呼吸をして息を整えると、俺に向かって、あの笑みを見せてくれた。もう夜明けが来たのかと勘違いするのほどの、眩しい笑顔を。

「遅れてごめん！」

「いや助かったよ。忙しいところ悪かった」

「……ううん、謝るのは私の方だよ。私、湯上がやってきたこと全然知らなかった。『私』は、あの子は、ずっと傍で見守っていたのに、私は……」

朝美がここにいるということは、先進世界の朝美は望み通り収縮されたのだ。彼女は、自分が持っていた情報の全てを、この朝美に託して消えた。その事実に胸が痛む。

「それについては後でいい」

だけど、今の朝美の顔を曇らせたくなかった。まだ、その時じゃない。

「う、ウソ。お母さん？　せ、先進世界、じゃない？……」

ショートカットではなくセミロングヘアを持つ、正真正銘のアイドル友永朝美の登場に、邦華は動揺を露わにした。

朝美はジャングルジムの上にいる我が子に顔を向けると、小さく微笑んだ。それは俺ですら初めて見る笑顔。幼なじみとしてでも、アイドルとしてでもない、第三の笑顔。それはもしかしたら、朝美自身も無意識のうちに浮かべた、未完成ながらも母親としての表情だったのかもしれない。

「あなたが邦華。……友永、邦華か。うん、可愛い名前だね。私、娘ができたら名前に月か、華か、愛の中から一字を入れたいなってずっと思ってたから、あなたの名前、すごく好き」

「ど、どうも」

母親に名前を褒められた邦華は、困惑した顔でおずおずと頷く。

「あなたの話は、未来の私から聞いたよ。実際に聞いたのは、ここにいないもう一人の『私』なんだけど、でもその『私』は、今は私の中にいるから、私も知っているってことでいいよね」

そう前置きをした朝美は力なく笑った。まるで自分自身に呆れているように。

「あはは。私、自分に娘ができたら絶対に溺愛するだろうなーって思ってたのに、まさか、あなたを追い詰めることになるなんて、情けないなー、私」

「そんな、ことは……。おかあ、……あなたは悪くない」

だが朝美は首を横に振った。

「ううん、私が悪いんだよ。……私の未来に何が起きるのか、詳しくは分からないけど、私は自分の夢を、あなたに押し付けたんだ。あなたは、あなたのはずなのに。あなたはあなたとして、輝けたはずなのに。それを……私が……」

「ち、違う！　あたしが、お母さんの期待に応えられなかっただけ！　あたしに実力が足りなかったから！　お母さんみたいな才能がなかったから！」

子供のように、いや、まさしく子供として、邦華がむずかるように叫んだ。

それを、朝美は穏やかな表情で見守っていた。

「私に才能があったのかは、分からないよ。周りを顧みないで、ただ、まっすぐ進んできただけ。皆に憧れられるような、明るくてかっこよくて可愛いアイドルになりたいってことしか考えてなかった。その傲慢さが私も気づかないうちに、身近な人たちを傷つけていたんだよ。……結局、一番、身近な人を幸せにできなかったんだから、母親としてだけじゃなくて、アイドルとしても、私は失格だったんだ」

「やめて！」

憧れの相手が自らを否定する姿に、邦華は耐えられなかったようだ。例え、どれだけコンプレックスを覚える相手だとしても、朝美の自己否定を止めたかったんだ。その気持ちは、俺もよく分かる。

「友永朝美は悪くない！　あなたは完璧だった！　皆から愛されて、皆を愛していた。未来で知ったあたしですらそういうふうに感じたんだから、あなたは自信を持ってよ！　私はこの時代のライブだって見た。すごかった！　もう言葉では言い表せないくらい、言い表しちゃいけないくらいに圧倒された！　……それに、あの、その……ああもう！　とにかく、あなたはすごかったの！　だから、失格だなんて言わないでよ！　そんなセリフ、あたしが許さないから！」

邦華はジャングルジムの上で立ち上がると、母親譲りの力強い眼差しで、朝美を見下ろしていた。

星空をバックにしたその姿は、一瞬だけ、輝くステージの上に立っているようにも見えた。俺も、朝美も、呆けたように見つめてしまい、しばし言葉を失った。

やがて、我に返った朝美が頰を緩める。それは、今までのような諦めや自虐的な色はなく、純粋な感謝の微笑みだった。

「ありがとう。そう言ってもらえるのは、やっぱり、嬉しいね」

「あ、いや、あたしこそ、偉そうなことを……」

過去の母親、そして現役の国民的アイドルの友永朝美に、文字通りの上から目線で説教していたことに気づいたようだ。風船が弾けたように、さっきまでの意気は消沈し、気まずそうにジャングルジムに座り直した。

今ので、少しだけ邦華の本音が見えたような気がする。ずっと覆われていた邦華の本当の顔が、朝美の登場により、表れ始めている。

今の邦華にどんな言葉をかけてやるべきか。

それは、もう考えてあった。

邦華は、俺の娘でそして朝美の娘ならば。

以前、落ち込んでいた朝美を焚き付けた時と同じやり方をしてみよう。

だから、精一杯演じてやろう。

まずは、腹の奥から思いっきり溜息を吐き出した。そうやって二人の視線を集める。

「なあ、邦華、もう家出には満足しただろ？　いい加減、世界を元に戻して、さっさと自分のいた未来に帰れ」

「ちょ、ちょっと、湯上！」

朝美が慌てて俺の脇腹を肘鉄する。でも俺は止めてやらない。また、失意を宿した邦華の目を真正面から睨みつけてやった。

「言葉を選ぶのにも飽きたから、はっきり言ってやる。正直、俺にとって、お前が消えようが何しようが構わないんだ」

「……え」

邦華の目が見開く。

「それがお前の選択なら、勝手にすればいい。お前の自由だ。それを止める権利は俺にはない。……だが、一つだけ言っておくと、いくらお前が未来の娘だからって、俺の人生に干渉する権利はない。……だから、お前が消えたいなら、俺とは関係ないところで自分だけで勝手に消えろ」

投げやりに、心の底からうんざりしているような口調で言い放った。

俺の渾身の演技を受け止めた邦華はしばらくの間表情を凍らせて、やがてぷるぷると唇を震わせる。怒り出すのか泣き出すのか、どちらにでも転びそうな中間の表情をしている。

「そ、そんな言い方は……」

「知るか。未来ではどうだか知らないが、少なくとも今の俺はお前の父親じゃない。……もしかして、過去の父親だから優しく慰めてもらえると思ったのか？　未来からやってきた可愛そうな娘を演じていれば、俺が同情してくれると思ったのか？　甘えんなバカ娘」

「な、なな、ななな」

もし未来の俺がこんなことを言えば、邦華は父親からの厳しい叱責と受け取って、ショックを覚えただろう。だが、今の俺は今の邦華と同じ年代の男子だ。将来は自分の父親だという前提情報があるとしても、同い年の人間にこんな暴言を吐かれたら、ショックよりも怒りが勝る。案の定、邦華の目は怒りの炎を燃やし始める。たぶん、図星だった部分もあるはずだ。

だが、邦華が怒りを爆発させるよりも先に、隣にいる奴が突っかかってきた。

「湯上！　今のは言い過ぎだよ！」

よしよし、これも予想通り。そうだよな、お前はこういう暴言を許せない奴だよな。怒ってくれて助かるよ。邦華のフォローに回れるお前がいてこそ、俺の煽りは成立する。お陰で俺も思いっきり言いたいことが言えるよ。

「大体、未来のお前もお前だ」

矛先が自分に向けられた朝美がたじろぐ。

「はえ？」

「娘が家出するくらい追い詰められてるのに、なんで気づかないんだよ。もっと母親らしく気遣うとか、寄り添うとかできるだろ。挙げ句の果てに、面倒ごとを過去の俺たちに押し付けやがって……」

「む、むぅ、それは、まあ、私もそう思う。……けど、今の私はまだ何もしてないのに、未来でやらかしたことを怒られるのは、ちょっと、納得がいかないかも」

頬を膨らませて不満そうにしている。

「そもそもお前の教育がしっかりしてないせいで、こんなことになったんだからな」

「な、なにそれ！　今時そういう言い方は古いんじゃないの！　子供の教育は親二人の責任だよね！」

ついに朝美もキレた。俺の方に向き直って、頭からぷんすかと蒸気を立て始める。

「そ、そうだよ、先輩くん！　お母さんに責任を押し付けないで！」

ジャングルジムの上から邦華までが俺を責める。

ああ、これが世の言う、家庭内で母親と娘が結託するので父親の肩身が狭くなる構図ってやつだな。

しかし、俺は負けじと言い返す。

こうして朝美に対して嫌味を言えば、朝美はますます邦華のフォローと俺への攻撃に回るだろう。

俺が邦華の怒りの火を煽り、その炎が強くなり過ぎないように朝美が調整役になる。とはいえ朝美は無自覚だろう。朝美の性格を知り尽くしている幼なじみの俺だからこそ、こいつをうまいことコントロール出来るのである。

「普通の家庭ではそうだろうけど、今回、娘がグレた原因はお前のアイドル活動にあるのは明らかだろ。お前がしっかり娘を見て、フォローすればよかったのに」

「だ、だからって、父親に責任が全くないってわけじゃないでしょ！　思春期の女の子のデリケートな気持ちなんて知らないくせに、父親らしいところを見せようとして屋根に登ったら落っこちたってどういうこと？　男親のくせに、情けないと思わないの？　自分の仕事で手いっぱいだからって、家庭を顧みなかったのが今回の原因なんじゃないの！」

む。こいつ、流石(さすが)に言い過ぎじゃないか。

「あ、でもお父さんが、悪いわけじゃ……」と頭上から、俺を擁護しようとする声が聞こえたので、それに被(かぶ)せるように俺は言う。

「今の、男親のくせにって発言も前時代的だからな」

「ほんっと湯上(ゆがみ)って、昔からああ言えばこう言うよね！　そうやっていつも一言多いから友達が少ないんだよ！　最初に私がアイドルの真似(まね)した時も、空気読まないで『ヘタクソ』なんて言ってさ！　普通、ああいう場でそんなこと言う？」

「でも俺のその一言のお陰で、お前はアイドルを目指したんだろ？　だったら感謝されてもいいんじゃないか？　大体、お前こそ、昔からアイドルなりまーすって宣言しまくって、周りから浮いてたのに気づかなかっただろ。そういう自信過剰なところとか、小学校の時のクラスの女子にめっちゃ嫌われてたからな」

「あ、あのー」

「私は悪く言う人たちを結果で黙らせたもん。あの子たちも、いつの間にか手のひらを返

して、まるで私の一番の理解者みたいな顔をするようになってたのを覚えてるでしょ？　人の陰口には陰口で対抗することしかできない、根暗な湯上とは違うんですー」

あ、今のは、温厚な俺でもカチンと来たぞ。

幼なじみというのはこういうところが厄介だ。互いが互いの性格を知っているし、何を言えば相手が嫌がるのか、どういう言葉が弱点なのかが分かっている。なので本気で口喧嘩になると、手札を公開した状態でババ抜きをやるかのような泥仕合と化すのだ。

「はいはい。お前はなんでも一人でできて偉いよ。でもそれは、お前が特別すごくて努力家ってだけだ。皆が皆、お前みたいになれるわけじゃない。もっと周りの気持ちも考えろ。今回の件だって、お前が邦華の悩みを理解してやれなかったせいで起きたんだからな！」

「む、むむ」

「ふ、二人とも！　子供の目の前で夫婦喧嘩は……」

その合間に入ってきた邦華の声に、俺と朝美はとっさに反応してしまった。互いを睨み合っていた視線が、邦華を焦点として一気に集約する。

「「まだ、夫婦じゃない！」」

ぴったりと、声が合わさってしまった。

「……」

唱和した俺たちの二重奏が夜空に溶けた後、しばらく周囲に沈黙が降り注いだ。俺たち以外は誰もいない寂れた児童公園に、静けさが積み重なっていく。

やばい、完全に邦華のこと忘れてた。

後悔しても遅かった。

そうして張り詰められた沈黙の積層を、「ぷっ」という噴き出してしまった笑い声が崩壊させる。

ジャングルジムの上で、邦華が口元を右手で覆いながらも、隠しきれない笑い声を漏らしていた。

「……あはは、はは。な、なにそれ……。お父さんとお母さんが幼なじみってことは知ってたけど、そんなに息が合うものなの？　あはは、おっかしー」

俺は、この時初めて、邦華の素の笑顔を見たような気がした。

偽りの同級生を演じていた時の笑顔ではなく、娘としての笑顔だ。それは家族揃った夕飯の団らんで、ふと咲いた花のような笑みだった。

その時、俺は彼女の周りに、彼女の両親、つまり未来の俺と朝美の幻影がおぼろげに現れたような気がした。三人家族の、なんてことのない日常の風景。きっと、未来にも同じような光景があったのだろう。俺と朝美とのくだらないやり取りに思わず邦華が噴き出してしまう、そんな瞬間が。

それは決して、単なる想像じゃない。その風景を、俺は実際に知っている。未来ではなく、現在で。俺と俺自身の両親、そしてそこに樹里(じゅり)が加わることもあった一家団らんの光景を、俺は思い出していた。夕食の席で家族の何気(なにげ)ない掛け合いから生まれた、ほんの細やかな笑い。明日になれば忘れてしまえる、ささやかな家族の幸せの在り方。幸福な家庭はどれも似たようなものだからこそ、俺にも未来の自分の家族の姿が想像できた。

「あ、……あれ、……。なんで、あたし……」

邦華(くにか)の目元から、月明かりを浴びた涙滴が真珠のように輝きながら、ポロポロと転がり落ちていた。口元は微笑(ほほえ)みの形を保っているのに、瞳からは涙があふれ続ける。

「へ、変だな……。別に、……泣くことなんて、なにも……」

だけど泣き笑いは止まらない。

邦華は、自分の家族の小さな幸せを思い出してしまった。

例え、どれだけ冷たく辛い思い出が上に塗りたくられようとも、その下に描かれた幸福の情景は決して消えることはない。夜空の星明かりが分厚い雲に覆われて見えなくなっても、宇宙で輝く星が消えたわけではないのと同じように。

いつか雲は晴れて、必ず顔を出す。

雲の切れ間から見えた夜空を彩る星々に、邦華は気付いたんだ。

掛け替えのない星の光を思い出してしまった今の邦華に、それを捨て去る勇気などないだろう。

「……お父さん、……お母、さん…………う、……あああぁああ」

ついに、堪え切れなくなった邦華は両手で顔を覆い、その泣き叫んだ声で静かな夜を切り裂いた。

そんな邦華に俺は問いかけた。

「邦華。さっきも言った通り、お前が消えたいっていう選択を俺は尊重してやる。けど、お前が今やろうとしていることは、本当にお前自身が望んでいる選択なのか？」

何も答えられずに泣き続ける邦華を、俺と朝美はただ黙って見守っていた。

10

さて、しばらくして泣き止んだ邦華だったが、それから俺がいくら呼びかけてもなかなかジャングルジムから降りてこなかった。

どうしたものかと思っていると、急に朝美が俺の耳たぶをぐいっと引っ張った。

「あいてて！」

そうして俺の頭は朝美の口元まで運ばれ、こっそりと耳元に囁かれた。

「たぶん、泣き腫らした後の顔を見られたくないんでしょ。湯上（ゆがみ）、ちょっとこのハンカチを濡（ぬ）らして来て」

渡された朝美（あさみ）のハンカチを、公園の水飲み場で濡らしてから、軽く絞って持っていく。

「ありがと。それじゃあ、湯上はちょっとあっち行ってて。大泣きした後って、男の人とは顔合わせづらいから。……特に父親とはね、私の方でフォローしとくよ」

ということで、俺は離れたところへ追いやられた。

未来の俺もこうやって家庭内の溝を感じていたのだろうかと、ちょっとばかり切ない思いを抱きながら、彼女たちの経過を見守る。

朝美が何度か呼びかけると、ようやく邦華（くにか）は応じてジャングルジムを降りてきた。そこに朝美が何やら言葉をかけながら、濡らしたハンカチで顔を拭ってやる。母と娘のやり取りのようで、見ていて微笑（ほほえ）ましかった。

それからしばらく、二人の間で静かに言葉が交わされる。残念ながら俺には聞こえない声量だ。女同士だから話せることなんだろう。それに割り込むのは無粋というものだ。それくらい俺だってわきまえている。

朝美から「もう来ていいよ」とお呼びがかかった頃には、邦華は落ち着きを取り戻していた。まだ目の充血は少し残っているが、濡れハンカチで顔を冷やしたためか、あれだけ号泣していたというのに目元に腫れぼったさはなかった。朝美の気遣いのお陰だ。

「……ごめんなさい、先輩くん。色々と、迷惑をかけて」

邦華は顔を俯け、叱られた子犬のようにしおらしい態度を取った。

「あー、いや、俺も言い過ぎた。悪かった。……もう、大丈夫か？」

「……大丈夫、とは言えないかな。やっぱ大丈夫じゃないかも。あたしの夢はたぶん叶わないし、お父さんはいなくなったままだから」

表情が一瞬だけ曇った。

それでもと、邦華は顔をあげる。

「でも、お母さんとお父さんと過ごした日々まで、やっぱり失いたくない……。この思い出だけは、何も持っていないあたしが持っている唯一のものだから」

その気持ちだけで今は十分だろう。

いつかは、彼女なりの選択が見つかるはずだ。

俺の娘なら、きっと後悔しない選択が分かるだろう。俺でさえ、辿り着くことができたんだから。俺と朝美の子供ならば、きっと。

「さあ、邦華。帰ろう。俺たちの帰るべき世界に。……俺たちの家に」

邦華は少しバツが悪そうに、はにかみながら笑った。

その表情は朝美のような鮮烈な眩しさはないけれど、いつまでも眺めていられる素朴さと愛嬌を持った、ひまわりのような笑顔だと思った。

「うん」

頷いてから邦華は、呪文を唱えた。

この壮大な家出を終わらせる言葉を。邦華の胸元に浮かび上がったプリズムが、これまでに見たことのない輝きを放った。

そして、この世界が終わる。あり得たのかもしれない可能性の世界が解ける。それを、俺たちは特等席で見送った。満天の星空と、地表の街明かりを眺めながら。

時空に破れ目が生まれる。全てが崩れていく。

この世界には、この世界の思い出があった。それを決して忘れないように、俺は心に焼き付ける。樹里とのやり取り、先輩との掛け合いを。例え夢幻の可能性に過ぎないとしても、これからも俺の中の一部として存在し続けるはずだ。あり得る可能性を記録するのは量子だけではないと知っている。

そうして、この世界は収縮される。そして、それと入れ替わるように、解体されていた可能性が表出し、一つの世界が返ってくる。

夜空に浮かぶ星々と眼下の街明かりの配置が、少しだけ変わったような気がした。

それは基元世界が戻ってきた証拠だ。ここが、俺たちの居場所だ。家だ。

「お帰り」

背後から声がしたので振り返ると、まるで待ち構えていたように一人の女性が立っていた。未来の朝美だった。その胸にプリズムが光っている。基元世界が戻ってすぐに、この時代に飛んできたのだろう。

「お母さん！」

邦華は駆け寄り、未来の朝美に抱き着いた。それを未来の朝美も優しく受け止め、背中を撫でている。

「ごめんね、お母さんが悪かった。……ごめんね」

「大丈夫だよ、大丈夫だから。お母さんは悪くないよ」

未来の朝美が泣き、それを邦華が慰めていた。どちらが親子か分からなくなるやり取りだ。

未来の朝美は邦華を抱き締めたまま、俺たちの方を向いて泣き顔を見せた。

こうしてみると、未来の朝美にも年相応の雰囲気があることが分かる。もちろん、同年代と比べれば圧倒的に若々しくはあるが、それでも三十年近い歳月の証がちゃんと刻まれている。これまで辿ってきた、苦労と苦悩の足跡だ。

「あなたたちもありがとう。面倒をかけて、ごめんなさい」

本当は文句の一つでも言ってやりたいところではあったが、せっかくの感動シーンに水を差すのもはばかられる。俺は空気を読んで文句を飲み込むと、その代わりに一つの疑問を呈することにした。

俺は、先進世界の朝美から排出されたプリズムをポケットから取り出した。

「教えて欲しい。今、この場に三つのプリズムがある。俺が持っている先進世界の朝美のプリズム・バージョン1、邦華が持っているプリズム・バージョン2、そして未来の朝美のプリズム・バージョン3。プリズムは元々先進世界で発見され、修復された代物のはずだ。なのにどうしてこんなに量産されてるんだ？」

この質問に、未来の朝美は少しだけからかうように微笑んだ。それは、昔の朝美と全く変わらない笑顔だった。

「それは、秀渡への宿題……かな？」

意味深な言葉だ。

どうやらそれ以上教えてくれそうもない。

「一応、ヒントをあげるね。……邦華」

未来の朝美が邦華に何かを囁く。邦華は少し困惑しながらも頷いた。

「う、うん。それじゃあ。……音声認証。『強制終了コード・46281』」

そう言って、邦華は自らのプリズムの機能を終了させる。胸元で輝いていたプリズムが排出され、邦華の手に落ちると、それを俺に渡した。

「どういうことだ？」

未来の朝美が答える。

「未来に戻るには、私のプリズム一個があれば大丈夫だから。邦華のプリズムはあなたたちに託すわ。こんな危険な物、もう娘には持たせたくないしね」

こうして手渡され、俺の手には合計二個のプリズムがある。バージョン1とバージョン2だ。

ますます理解ができなくなり、俺は混乱する。俺の隣で、朝美も首を傾げていた。

「それじゃあ、そろそろ私たちは帰ります」

「お、おい。待ってくれ。まだ聞きたいことが」

「ごめんなさい、もう教えてあげられることはないわ。……それに、秀渡もこれ以上知りたくないでしょ？」

そう返されて、俺も答えに詰まった。

確かに、未来の情報を今以上に知ってしまうのは、恐ろしいことだ。いや、もう十分に知っちゃったけどな。

「先輩くん、朝美ちゃん」

邦華が最後に俺たちを見た。

不安そうな顔だ。未来に戻る、それはつまり彼女にとって現実に帰るということだ。その意味を今になって思い出し、怖くなったんだろう。

ならば、元気づけてやろう。父親としてではなく、この時代で出会った友人として。

「また、会おうな、邦華」

俺の言葉に、朝美が続く。

「そうだよ。今度はもっとお喋りしようね」

確定された再会の約束に、邦華が頰を緩ませた。

「……うん。また、ね」

その言葉を最後に、未来の朝美のプリズムが輝いて俺たちの目を眩ませる。真っ白に染まった視界が元の色を取り戻した時には、あの二人の姿はどこにもなかった。

こうして、俺たちは二人、基元世界のこの時代に残された。

「はあああ、やっと終わったなあ」

これまで忘れていた疲労感がどっと押し寄せる。

「あはは。お疲れ様。湯上」

俺に笑顔を向けて労う朝美。

そういや、俺、本当に将来こいつと結婚すんのか……。

改めて朝美の顔を見て、急に色々な実感が込み上げてきた。恥ずかしくなり、まともに直視できなくなった。慌ててそっぽを向く。

「しかし、お互いに壮大な人生のネタバレを食らっちまったな。これからどうやってこの先の楽しみを見出せばいいんだよ」

　これはこれで結構切実な問題である。

「うん、そうだよね。なんか、大変なことを知っちゃったね。だけどさ」

　朝美は言葉を続ける。

「三十年後の自分たちのことは分かっちゃったけど、明日、何が起こるのかはまだ分からないままだよ。三十年先って結構長いよ？　だから、私はこれからの人生を十分に楽しめると思ってるし、……それに」

「それに？」

　俺は朝美に顔を向けて、続く言葉を待つ。

　朝美は照れくさそうに笑い、赤くなった頬を掻いていた。

「……私が、湯上のことを好きになる過程については、まだ分からないからさ。……まだまだ、これからの人生の楽しみはたくさんあるよ、きっと」

　不意を突かれた。

「…………お、う」

　そうかもしれない。

　ゴールは見えたとはいえ、そこに向かう経路については何も分からない。最短距離を目指すべきなのか、それとも時間はかかるけど平坦な道を行くべきなのか。まるで登山だ。山頂は見えているのに、そこへ向かうルートはいくつもある。きちんと整備された登山道を歩くのか、前人未到の急峻な山道を進むのか。人生を登山に例える名言はいくつもあるが、まさにその通りだ。

それは、量子力学においても同じだ。

俺の中に収縮されていた、どこかの『俺』が持っていた知識が浮上する。

物理学者ファインマンの経路積分によると、量子の動きは不確定なので、スタートとゴールがあらかじめ分かっていたとしても、辿る可能性のある経路が無数に存在している。スタートからゴールまで最短距離で進む可能性もあれば、大きく迂回する可能性もある。だから、量子の進む道は確率でしか表せないという話だ。まさに今の俺は、ゴールが定まっていてもどの経路を進むのか分からない量子のようだ。

あれ、そう思うと、むしろゴールを知らない時の方がまだ楽だったんじゃないか？

おい、未来の俺、朝美にどうやってプロポーズしたんだよ。いや、そもそも、付きあい始めたきっかけは？　最初のデートは？　キスは？　うわヤバイ、ちゃんと山頂に辿り着けるのか不安になってきた。

俺が暗い顔をしていたのに朝美が気づき、「あ」と声を上げた。

「で、でも、湯上は……。その……。無理しなくていいんだよ。未来の私たちの言葉に惑わされなくてもいいっていうか……。じゃないと……その」

急にあいまいなことを言い出した。

何が言いたいんだ？　と言いかけて気づく。

「もしかして、俺が死ぬことを心配してくれてるのか？」

「あ、当たり前じゃん！　だ、だって」

「まあ、確かに、余命宣告を受けたようなもんだからな。俺の寿命はあと三十年か」

そういえば今まであまり深く考えてなかった。

「でも正直、実感ないんだよな。あと一年で死にます、とか言われれば流石に慌てるだろうけど、三十年って言われるとまだ先の話って感じがして、どうもピンと来ない」

十代の俺にとって、三十年後の自分など遠い未来だ。今のうちから絶望するには早すぎる気もする。

「……そ、そうかもしれないけどさ……」

それでも朝美の心配そうな表情は晴れない。

やはり、朝美には笑っていてほしい。俺の死の未来を恐れている顔は見たくない。

だから俺は慰めの言葉を探し求めて、頭を悩ませる。脳細胞に鞭を打ち、発火するニューロンの尻を叩き、心の奥底にまで手を突っ込んで、朝美を元気づけられる何かを探索した。そうして、引っ張り出した言葉は。

「……お前と結婚できると思えば、これくらい安いもんだろ」

吐き出したのは、無責任なセリフだったかもしれない。まだ、他人の人生を背負えるほどの覚悟も資格もない分際で、親の庇護下にある年齢のくせに、結婚なんて具体的なワードを出すのはおこがましいことだった。

でも、これが俺の本心でもあった。

だって、そうだろ？　誰もが知る国民的アイドルと結婚するんだぞ？　本来なら、俺の寿命を何十年分支払ったところで得られない幸福だ。

そのことは、ちゃんと朝美に伝えたいと思った。

「……ふえ？」

最初は呆気にとられたように、やがてじわじわと俺の言葉を理解したのか、元々赤かった頬に、更なる赤味が加わっていく。

「そんなに動揺されると、俺も恥ずかしいんだが」

「な、んな、ななな」

「だって、お、重いよ！」

シンプルな返答。

「う、確かにそうだった」

「それに、湯上はそれで満足かもしれないけど、湯上がいなくなった後に残される私たち親子の苦労も考えて欲しいんですけど！」

「お、おっしゃる通りです」

そりゃそうだと納得する。

俺は朝美と結婚できたから満足して死ぬことができたとしても、朝美と邦華にとってはたまったものではないだろう。父親として、夫として、人間として無責任すぎる。

だけど、俺が死ぬことが確定してしまったんだから、これからどうすればいいんだ。

いや、もう未来を知っているんだから、定められた運命を回避するように動けばいいのか？　いやいや、でも回避していいのか？　そもそも俺が未来を知ったのは、邦華が未来から逃げてきたからなわけで、それが起こらないようにしてしまったら、俺が未来を知る手段がなくなってしまう。

つまり、タイムパラドクスが起きる。

そうなった場合、この基元世界が崩壊してしまうんじゃないか？　無数の並行世界が、朝美と先進世界の朝美が観測し合ったことによる矛盾で崩壊したように。

そうなると、あからさまに未来を変えようと動くのは憚られる。

なら、せめて残される二人が苦労しないように、今のうちからせっせと資産形成を始めておくとか？

そこまで考えた時、ふと、未来の俺が残していったものを思い出す。

今の俺が持つ、二つのプリズムだ。一つは先進世界の朝美から託されたプリズム・バージョン1、そしてもう一つはさっき邦華から渡されたプリズム・バージョン2。プリズム・バージョン2は未来の俺が研究対象にしていたものだ。それを邦華(くにか)が見つけて、使用した。

両方のプリズムを見比べる。非常識的な物質であるプリズム。なぜ同じものが二つあるのか、未来の朝美(あさみ)が持っていたものも合わせると三つもある。

未来の朝美が言い残した宿題の一言が気にかかった。

「待てよ」

もし、このまま俺がこの二つのプリズムを保有し続けたらどうなる？　このプリズムの材質や機能を調べ続け、三十年先まで持っていたとしたら……。一つは自分で持っておき、もう一つは朝美に預けたとしたら。

一つ、思いついた。

「そうか、そういうことか。このプリズムは、時間を巡っていたんだ」

頭の中で時系列を追っていく。

まず、先進世界で破損されたプリズム・バージョン1が発見され、その機能が修復される。それを先進世界の朝美が使用して今回の事件を解決し、こうして俺の手元にやってきた。

俺は、このままこのプリズム・バージョン1を研究し、いくつかの機能を発見したり追加したりして、未来にプリズム・バージョン2として完成させる。三十年後に俺は死んで、その研究結果とプリズム・バージョン2を娘の邦華が発見し、今回の事件を引き起こす。そしてプリズム・バージョン2は現在の俺の手元にやってくる。プリズム・バージョン2は、またも三十年間の時を経て、今度は未来の朝美が手にする。もしかしたら、未来の俺が死の前に託したのかもしれない。それが三個目のプリズム、つまりプリズム・バージョン3になる。

そう考えると辻褄が合う。

つまり、先進世界の朝美、邦華、未来の朝美の三人が持っていた三つのプリズムは、そもそもが一個のプリズムで、アップデートを重ねながら時間軸を二周していたということだ。

「だけど、この辻褄を合わせるには、俺はこれからプリズムを研究して、色々な機能を追加したり、引き出したりしないといけないってわけか？」

先進世界の朝美のプリズムには並行世界の創造機能はなかったし、邦華のプリズムには停滞フィールドの発生機能はなかった。

先進世界の朝美のプリズムがバージョン1、邦華のプリズムがバージョン2、未来の朝美のプリズムがバージョン3と、次第に機能が拡張されている。つまり、バージョン1を2に、バージョン2を3にアップデートするのは、これからの俺の仕事ということになる。

「なるほど、だから未来の朝美は、俺への宿題って言ったのか」

二つのプリズムを並べながら、嘆息する。

確かに、これはとんでもない宿題だ。

先進世界ですら完全には理解できなかったプリズムをこの俺が研究し、そしていつか追加機能を与えなければならない。もしそれが出来なかったら、辻褄が合わなくなる。これもタイムパラドクスとなり、宇宙的な危機に繋がるかもしれない。

「ど、どうしたの湯上、またそんな暗い顔しちゃって」

「あー、悪い。どうやら、俺の人生の締め切りまでに絶対に終わらせないといけない宿題を見つけてがっくりしているところだ。例えるならそう、夏休みが八月末まであると思ってたら実は七月末までで、しかもやり忘れた宿題があることに気づいた七月二十八日の朝って感じだ」

今、思いついたことを朝美に話す気力がなかった。

「よく分かんない例えなんだけど……」

「すまん、俺もよく分からなかった」

「まあよく分かんなかったけど、難しい宿題があるなら二人で一緒にやればすぐに終わるんじゃない？」

そうだった、忘れていた。

この宿題は俺だけに課せられたものじゃない。一緒に頭を悩ませてくれる相棒がいるんだ。だったら、あんまり悲観的にならなくてもいいか。

「そう言ってくれると助かるよ。じゃあ、これからも……」

よろしくな、そう告げようとした口を閉ざす。

今、言うべき言葉はそれか？　と自分の中から声が聞こえた。

三十年後の未来については知っていても、明日のことは分からない。俺たちの関係性がこれからどのように変化していくのか、まだ検討もつかない。デートすらしていない俺たちが、どうやったら人生を添い遂げるパートナーになるのか。分からないことが山積みだ。

未だ、不確定性の厚い雲に覆われた、山の頂。それへの、第一歩にふさわしい言葉を、今言うべきじゃないのか。

俺は、小さく深呼吸した。酸素が薄くなる高山へ向かう前に、たっぷりと空気を蓄えるように。

「朝美。改めて言わせてくれ。……ずっと好きだった。俺と付き合ってほしい」

朝美は、その言葉をまるで待っていたかのように真剣なまなざしで受け止めてくれた。

照れたり、焦ったりすることはなく。真面目な顔をしている。

今回の事件で知ってしまったことも含めて、彼女はしっかりと考えてくれていた。

「……ごめん」

そうして、今の彼女が出した結論は、前回と同じだった。

「まだ、今の私は、アイドルだから。応援してくれるファンがいるから。皆を裏切りたくないし、私自身ももう少しだけアイドルを続けたいと思ってるから。……湯上とは、付き合えない」

朝美と俺の視線が交じり合う。

口以外にも、目で情報をやり取りしようとするように。

だから、俺には分かった。朝美の言葉が、まだ続くことを。

「だけどね」

予想通りだった。

朝美の真剣な表情が僅かに崩れて、その奥に微かな恥じらいを窺うことができた。

「いつになるか、分からないけど。いつか、私がアイドルを卒業する時まで、湯上の気持ちが今と変わっていなければ……。その時は……、私は、今日と違う答えを言えるかもしれない」

今は、その返答で十分だった。

それだけで満足だった。

長い登山道への第一歩を踏み出す俺にとっては、十分すぎる後押しだ。

「ありがとう。いつまでも待ってる」

朝美に捧げたその言葉はいわば、山の中腹に立つ目印のようなものかもしれない。山頂はまだ先だけど、その途中に置かれた、旅人を案内するためのマイルストーンだ。

そうだ、まずは、そこを目指そう。

三十年先ではなく、もう少し手前の目標を。

やらなければならないことはたくさんある。宿題はどっさりある。それを一つずつ解決していこう、一歩ずつ、ステップを踏んで。いつかは辿り着く、山頂からの景色を脳裏に思い描きながら。

例え先に何が待ち受けようとも、まずは進んでいく。

そして、傍らのパートナーが、俺に飛びっきりの笑顔を見せた。

それはまさしく太陽のようで、進むべき道を照らしてくれているようだった。

「それじゃあ、これからもよろしくね。秀渡！」

最終章　多元宇宙的青春の終わり、唯一無二の君たちへ

突然放たれたフラッシュのような白い光が晴れると、時間跳躍を終えた二人の親子が現れた。かつては児童公園だった場所に建っている、彼女たちの自宅の近くに。

まるで全力疾走してきたように荒い息を吐いている二人の母子は、しばらく呼吸を整えることに時間を使い、そして先に落ち着いた娘の方が開口一番。

「あ、危なかったぁ」

と、胸を押さえながら大きく安堵する。

母親の方も、ふうと息を吐いた。

「本当に、ギリギリだったわ」

自分の胸元に視線を落とす。

そこに、時間跳躍を可能にしたオーバーテクノロジーの産物は、もうなかった。

「もう何十年という歳月を経験しているから、耐用年数が過ぎていたのね。こうして私たちが元の時代に帰れただけでもラッキーだったのかも」

時空を行き来するプリズムに、今回の時間跳躍の途中でいきなりヒビが入ったのだ。非物質的存在だと思われていたプリズムでさえも、永遠のものではなかったようだ。プリズムは彼女たちを目的の時代に送り届けたのちにその役目を終えると半壊し、朝美の胸元か

ら消えていた。

「あのプリズム、どうなっちゃったの？」

娘の邦華が聞くと、母親の朝美は首を振った。

「さあ？　時間移動の途中で壊れちゃったから。私たちをこの時代に放り出した後は、時空の狭間に残っているんじゃないかしら」

プリズムの研究は夫の担当だったので、朝美はよく知らない。

「じゃあ、もうあのプリズムは使えないってこと？」

残念そうに言った邦華に、朝美の母親としての鋭い視線が飛ぶ。

「例えプリズムが残っていたとしてもあなたには触らせませんけどね」

「わ、分かってるよ。だけど、お父さんの研究対象だったのに、なんかもったいないなぁって……」

「私にも詳しいことは分からないけど、時空の狭間は過去も未来もない場所だから、もし偶然、どこかの時代で時空に破れ目が生まれればそこから抜け出ることもあるかもしれないって、昔に秀渡が、……お父さんが言っていたわ」

「じゃあ、またどこかの時代でプリズムが見つかるってこと？」

「でも、時空の破れ目なんてそう簡単に発生するものじゃないから、しかも完全にランダムだし……。もしかしたら、人類誕生前の、白亜紀とかに飛び出すかもよ」

「そうなったら、ティラノサウルスが使いこなせないことを祈るしかないね」

そんな冗談を言い合った二人は、久しぶりに普通の親子のように笑い合うことができた。

二人は知る由もないが、この時の冗談は案外的を射ている。

半壊したプリズム・バージョン3は時空の狭間を彷徨っていた。過去も未来もない、エントロピー増大の法則が適用されないその場所では、時間の矢が存在しない。ゆえに永遠の牢獄であるはずだった。

しかし、その時空そのものを引き裂くような事態が起きれば、話は別だ。

基元世界という一本の世界が引き裂かれ、無数の並行世界が生まれるといった、宇宙規模の異常事態によって時空の破れ目が発生すると、（あるいは発生したので）、牢獄に捕らわれていたプリズム・バージョン3はそこから零れ落ちた。

プリズム・バージョン3が辿り着いた先が、先進世界である。非物質的存在であるプリズム・バージョン3は半壊状態のまま保存され、やがて先進世界の人類に発見される。壊れたプリズム・バージョン3は先進世界の手で修復されたものの完全には至らず、いくつかの機能がオミットされたプリズム・バージョン1としてダウングレードされた状態で、先進世界の朝美の手に渡る。

その後もプリズムは邦華たちによって二度ほど過去に戻され、そして今、未来の朝美による最後の時間跳躍によって半壊し、時空の狭間に舞い戻った。つまり、プリズムは時間軸を三周していたのだ。

　こうしてループが完成する。

　それはまるで螺旋(らせん)階段のように周回しているが、最後の階段の上が最初の階段へと続くという矛盾構造。エッシャーの階段のようだ。

　そのためどの時点を始まりと捉えるべきか、人によって考えは異なるだろうが、友永朝(ともなが)美にとっては、プリズム・バージョン3を託されたことが始まりと言えるかもしれない。


「ようやく完成したんだね、秀渡(ひでと)」

「ああ。間に合ったよ」

「でもそれって結局、未来は変えられないってことなの？　今、私たちが以前に見聞きした通りのことが続いている」

「君がアイドルの過去を邦華から隠していたのは、未来を変えるためだったんだな」

「ええ。あの子がアイドル以外の夢を見つけられたらって思ったんだけどね。でも、やっぱりあの子はアイドルを選んでしまった」

「そうだな。親が子供にできるのはせいぜい選択肢を増やしてあげることくらいで、何を選ぶのかは、結局子供自身なんだ。邦華が自分で選んだことなら、その結果も責任もあの子だけのものだ。それを奪う権利は親にだってない」

「もちろん、それは分かっている。でも、もし私たちが知っている未来の通りに進むとしたら、このままだとあなたまで……」

「大丈夫。プリズム・バージョン3で宇宙の目を欺くことが出来れば、未来は変えられるかもしれない」

「そんなことが本当にできるの？　未だに原理も分からない、このプリズムで」

「確かに正体は不明だ。だからこれは単なる想像に過ぎないが、プリズムとは選ばれなかった可能性の結晶なのかもしれない」

「それってどういう意味？」

「人間は常に無数に広がる世界の中からたった一つを選択し、それ以外の全てを収縮しながら生きている。それが基元世界の法則だ。だが、先進世界の『彼女』のような、選ばれなかった世界の人間たちが抱いた、自らの存在を残したいという想い。それらが蓄積して生まれた宇宙のバグこそがプリズムだとしたら、この定められた法則を打ち破ることができるかもしれない」

その言葉と共に、朝美はプリズムを渡された。

そうしてある晩、屋根から落ちそうになる娘を助けた代わりに落下した夫の身体を、地上にいた朝美はプリズム・バージョン3の停滞フィールドによって停止させた。

夫の肉体は現時点の状態で完全に凍結されて地面に落ちた。そのため傷つくことはないが、肉体の恒常性や分子の運動が完全に停止した肉体は脈が止まり、体温も発生しない。傍から見れば死体と同義である。身体に触れたところで硬く凍り付いたままだ。

　邦華が気付くはずもない。両親が分からせないようにしたからだ。邦華にバレてしまっては因果関係がおかしくなる。だから辻褄が合うように、タイムパラドクスを引き起こさないように、慎重を期していた。

　これこそが、本当の宿題だった。

　それを、三十年を費やして確かに解いたのだ。


　二人の母娘はようやく我が家へと向かって歩き始める。

　家出を終えた娘はバツが悪そうにしながら、それでもどこか安堵した表情で家路につく。

　思い出の詰まった自宅までの道のりを、母親と並びながら歩いていく。

　両親との関係、夢と現実のギャップに悩み、アイデンティティを求める自分探しのための旅路。

　それが許されるのは若者の特権であり、青春の一つの姿でもある。

　ただ、彼女の場合は、それがあまりに壮大だったが。

　多元宇宙的家出を終えた邦華は、何かをやり遂げたような顔をして、しかし、まだこれからも現実が続くことを覚悟しているようでもあった。

それでも彼女は、自分にはまだ選択できる可能性があることを理解しただろう。無数の並行世界と、過去の両親の姿は、存在する可能性の多様さを彼女に教えたはずだ。

これからもきっと、邦華は自分の前に広がる選択肢に頭を悩ませる。

いずれは自分の後悔しない選択ができる時が来る。ついあれこれと口を出して、進む道を選んでやりたくなるが、我が子の選択を信じてやることも親としての一つの選択だろう。これからもぐっと我慢しながら見守ってやろう。彼女自身にしか選べない道がきっと見つかると信じて。

「ねえ、お母さん。あたし、やっぱりもうちょっとだけアイドルを目指してみようと思うの。それでね、今度は友永朝美の娘だってことを大々的に利用してもいいかな？」

「あなたがそれでいいなら構わないけど。本当にいいの？」

「うん。確かにこれまでは全盛期のお母さんと比較されるのが嫌だったし、それになんとなくズルイかなとも思っていたからずっと隠してた。きっと公表したらあれこれ言われるだろうし、苦労することが増えるって分かってる。……それでも、お母さんの娘であることはあたしの誇りだって気づいたから、もう隠したくないの。それを否定しちゃったら、あたしはあたしでなくなっちゃう気がする」

決意を露わにした邦華の微笑。それを直視した朝美も、穏やかな微笑みを返す。

「分かった、応援しているわ。そうだ、いっそのこと、私もアイドルに復帰して、親子二世代アイドルユニットとしてデビューしてみる？　こういう売り方はバーチャルアイドルには絶対にできないから、かなり話題になるかもよ」

「…………さ、流石にそれはちょっと……」

苦笑した邦華は気まずそうに視線を正面に逸らす。

「え？」

そこでようやく邦華は、玄関の前に立つ男の姿に気付いたようだ。

そこにいる男は、過去からやってきた若い頃の自分を騙し終えると、朝美から停滞フィールドを解除され、棺の中で息を吹き返した。それから、こうして娘が帰ってくるのを自宅の前で待っていたのだ。

それは邦華にとって見覚えのある姿のはずだ。ついさっきまで一緒にいた少年の未来の姿であり、死んだと思っていた父親の姿なのだから。

とはいえ、すぐに気づかないのも無理はない。

あの頃に比べると、皺は増えた。肉体的な衰えに目を背けることはできないし、精神的にも偏屈で頑固になった自覚もある。妻の朝美と並んで立つと、余計に老いを感じてしまう。なりたくないと思っていた大人になってしまったかもしれない。

若い頃の姿を見てきたばかりの邦華では、玄関前に立つ男が、自分の父親だとすぐには理解できないのも当然だ。

時間を経て理解が追い付き、じわっと邦華の双眸が潤んだ。両親が辿り着いた宿題の答えの内容までは理解できていないだろうが、目の前にある事実だけは分かったはずだ。

そして邦華は駆け出した。その後を朝美も追っていた。

彼我の距離は、あっという間に埋まっていく。

それは光よりも速かったように思えた。

大人になるにつれて世界が小さくなると思っていた。確かにそれは事実だった。肉体的な成長、無駄に積み重なった知識と経験は、世界を矮小にしてしまう。

だけど、悪いことばかりじゃなかった。世界が小さくなった分、こうして大切な人に手が届きやすくなったのだから。

嬉し涙で一杯の邦華の表情を視界に捉えながら、その小さな身体をしっかりと抱き締める。もう二度と離さないと。

続けてやってきた朝美も、邦華と同じように涙を湛えながら、夫と娘を包み込むように抱きしめた。

さあ、愛娘と愛妻に告げよう。

「ただいま。そしてお帰り」

「お帰り。そしてただいま」

この先の未来はまだ誰も知らない。
量子も、宇宙も、俺たちでさえも。

あとがき

娯楽が多様化するこの時代、ライトノベルを読む方はちょっと変わり者なのかもしれません。しかも誰もが知るメジャー作品だけでは飽き足らず、本作にまで手を伸ばす方はきっと変わり者の中の変わり者でしょう。

これを日本の人口比率で考えると、計算したわけではありませんが、スマホゲームのガチャでSSRが出るパーセントよりも確実に低いはずです。

今、あなたは日本人ガチャの中でSSR以上のレアリティが確定したのです。おめでとうございます。

歴史に名を遺す偉人には一つや二つ変人エピソードがあるものですから、本作を手に取ったあなたも、きっと大きなことを成し遂げるに違いありません。

もしなにか大きな夢があるのでしたら、頑張ってください。今は夢がないという方も、いずれ運命の出会いがあるかもしれませんよ。

いつか夢を叶えた時には、本作のことをちょっぴり思い出していただけると嬉しいです。

さて、いい感じに読者の皆様をヨイショできたところで、以下謝辞です。

担当編集A様。いつもご意見いただきありがとうございます。数々のお力添えのお陰で、本作がなんとか形になりました。これからも頑張りますので、どうか見捨てないでください。

東西様。前巻に引き続き、素晴らしいイラストをありがとうございます。どれだけ言葉を尽くしても表現できないことを、たった一枚の絵だけで表現してしまう。そんなイラストの力の凄さを知ることができました。

また、本作の出版に携わっていただいた関係者の方々、友人、家族に心から感謝申し上げます。

最後に、読者の皆様へ。

ここまで読んでいただき、本当にありがとうございました。

またどこかでお会いできることを願っております。

眞田天佑

ファンレター、作品のご感想をお待ちしています

あて先

〒102-0071　東京都千代田区富士見2-13-12
株式会社KADOKAWA　MF文庫J編集部気付
「眞田天佑先生」係　「東西先生」係

MF文庫J

多元宇宙的青春の破れ、無二の君が待つ未来

2024年 4月25日 初版発行

著者 眞田天佑

発行者 山下直久

発行 株式会社 KADOKAWA
〒102-8177 東京都千代田区富士見2-13-3
0570-002-301（ナビダイヤル）

印刷 株式会社広済堂ネクスト

製本 株式会社広済堂ネクスト

Printed in Japan　ISBN 978-4-04-683475-1 C0193

◇◇◇